El lugar perdido

El lugar perdido

NORMA HUIDOBRO

Huidobro, Norma
El lugar perdido. - 1ª ed. - Buenos Aires : Arte Gráfico Editorial Argentino S.A., 2007.
224 p. ; 22x13 cm.

ISBN 978-987-07-0162-0

1. Narrativa Argentina. I. Título
CDD A863

Diseño de cubierta: Claudio A. Carrizo
Imagen de cubierta: Jorge Demirjián, *Situación VI,* (detalle), óleo sobre tela, 2006.
Gentileza Galería Agalma.arte

ISBN: 978-987-07-0162-0
Impreso en Uruguay
Hecho el depósito que indica la ley 11.723

Primera edición: diciembre de 2007

A mi madre

Hay un lugar donde se pone el sol y otro donde amanece y otro donde siempre es noche. Hay un lugar cercano y otro irremediablemente perdido. Y hay momentos, en el transcurrir de los días, en que el tiempo se aligera y tuerce el rumbo de las horas. Quizá sea una trampa del aire, que se espesa y se vuelve brevemente corpóreo y confunde al tiempo. Lo cierto es que sólo en esos momentos el espíritu se ahonda, se expande, huye y al fin regresa, trayendo entre los dientes el lugar perdido.

Villa del Carmen,
Jujuy,
enero de 1977

Un escarabajo patas arriba se mecía tontamente en el agua de la palangana. Ferroni lo miró con cierta aprensión y resolvió que lo más adecuado sería volcar el agua con el escarabajo en el desagüe de la pileta. Enjuagó la palangana y dejó correr el agua de la canilla; se lavó la cara pensando en lo bien que se sentía cada vez que el agua helada golpeaba sus mejillas. El agua lo despertaba, lo ponía en guardia, le activaba las neuronas.

Ferroni pensó en el escarabajo y lo imaginó caminando por el caño del desagüe, tratando de escapar de esa prisión oscura y tubular. De pronto, ahí parado en el patio, junto a la pileta de lavar la ropa, sintió frío. Se dio cuenta de que era arriesgado salir en camiseta a horas tan tempranas. Podía resfriarse. No estaba acostumbrado a esas mañanas tan frescas en pleno verano.

En Buenos Aires era diferente. No bien uno se despertaba, también salía al patio, pero para poder respirar, para no seguir ahogándose en la pieza, para despegarse de una vez por todas de ese colchón caliente que se adhiere a la espalda y oprime desde abajo. Si seguía así se iba a resfriar. En pleno mes de enero. Ferroni entró a la pieza decidido a vestirse.

Alguien tiene que ir, le había dicho su superior cuando él le preguntó por qué no mandaban a otro, por qué tenía que ser él. Alguien tiene que ir, vos o cualquier otro es lo mismo; te tocó a vos. Y después: alegrate, te va a hacer bien, necesitás cambiar de aire. Mentira; él no necesitaba cambiar nada. Uno cambia de aire en vacaciones, no mientras trabaja. Y su trabajo estaba en Buenos Aires. Además, las vacaciones se las iban a dar en marzo; faltaba poco. Ya tenía todo arreglado con Paulino, que le prestaba el departamento de Mar del Plata y lo iba a reemplazar en los interrogatorios durante los quince días de sus vacaciones. Dos meses más de trabajo intenso, una quincena descansando en Mar del Plata y otra vez a Buenos Aires, a la rutina de los interrogatorios, el almuerzo con los compañeros de tareas, la siesta en la oficina de su superior. Lo suyo; su trabajo, su lugar. Pero lo mandaban a Jujuy en pleno mes de enero, con ese calor inmundo y tenía que alegrarse. ¿De qué? Un tipo como él, cumplidor, meticuloso, eficiente. Su superior lo había dicho; no a él, claro, no era amigo de andar haciendo alabanzas, y mucho menos a los que estaban bajo su mando. Pero Paulino lo había escuchado por casualidad y se lo dijo. Muy eficiente. Para mí, el mejor, dijo que había dicho. El mejor y lo mandaban a Jujuy a buscar a alguien que quién sabe dónde carajo estaba. O tal vez lo mandaban por eso mismo, porque era el más eficiente, el más prolijo, el único capaz de encontrar a la mina esa. Pero entonces por qué su superior le había dicho que le iba a venir bien cambiar de aire y que si alguien tenía que ir, él u otro, era lo mismo. Si lo mandaban por ser el mejor, no tenía sentido que le dijera eso. Y si lo que querían era alejarlo de los interrogatorios, tampoco tenía sentido. Él era el más eficiente. Lo había dicho su superior. Paulino lo escuchó. Mejor tomarse las cosas con calma, se dijo. Después de todo, ésa era otra de sus cualidades: la calma. Él sabía esperar como nadie, sin exasperarse. Tranquilo y eficiente. Todos lo sabían.

Siempre tan apurada, María Valdivieso, siempre corriendo; erguida como un palo y seria. Cada vez más parecida a la otra María, tu abuela. Aunque no te guste; si hasta el gesto parece que le estuvieras copiando. Ahora subís la loma, aminorás el paso, respirás hondo, unos metros más, unos metros más y ya estás arriba; se terminó la cuesta, ahora derecho, tranco largo, bien erguida, María. Volvés a apurar el paso, ya casi estás corriendo, para qué. Allá lejos ves las copas de las tipas, las copas amarillas de las tipas cargadas de flores, el techo de la choza; estás arriba, María, en lo alto de la loma. Entonces te parás de golpe. Te gusta detenerte allí y mirar las tipas y pensar, plumosas, pensás; plumosas, decís bajito, en un susurro; plumosas, repetís un poco más alto; plumosas, total nadie te escucha; plumosas, gritás; plumosas, las ramas de las tipas son plumosas, plumas verdes moteadas de amarillo naranja furioso, plumas leves, temblorosas apenas en el aire inquieto, palpitantes como un corazón loco cuando sopla fuerte el viento, brillantes al sol, plumosas, plumosas, plumosas. Y cerrás los ojos y respirás fuerte y te llenás de aire y extendés los brazos como alas, total nadie te ve, y te quedás así y después abrís los ojos y lo primero que ves son las copas de las tipas, porque eso es lo primero que querés ver. Y ya se te fue el gesto de tu abuela, ya no te parecés a ella más que en lo erguido del cuerpo, pero eso no importa. Vos sos Marita, olvidate de ella. Ahora bajás. Bajás corriendo, otra vez corriendo, esquivando piedras y olfateando el aire en busca del olor de los tamales. Llegaste, Marita. Ahí están los troncos de las tipas y más atrás, las paredes de la choza, el olor de los tamales, Nativa en la puerta, esperándote. Llegaste, Marita; las tipas, la choza, los tamales, Nativa que te espera.

—¡Carta del Pedro, Marita! ¡Carta del Pedro! Apurate, leemelá, que ya no aguanto las ganas. Desde ayer que la tengo, m'hija. Apurate, pues.

No hace falta que corras, dos trancos largos y estirás el brazo para alcanzar la carta que te da Natividad. La carta de su hijo y el sobre abierto. Todo junto te da, la carta y el sobre. ¿Para qué lo abrirá?, pensás, pero no se lo decís. No le preguntás, ¿por qué, doña Nativa, abre las cartas, si total usted no sabe leer? Que las siga abriendo, nomás, que compare cada carta con la anterior, que sepa de antemano si esta vez su hijo fue más generoso con la escritura o anduvo mezquinando las palabras. Primero leés el sobre. Una ojeada rápida, ya conocés la letra del Pedro. Ya sabés que la carta es de él, pero te gusta empezar por el principio y Natividad lo sabe, por eso espera que leas el sobre, que lo des vuelta, que lo pongas detrás de las dos hojas que esta vez escribió su hijo, que mires las dos hojas de ambos lados, como si pesaras a ojo la mercadería antes de comprarla. Natividad te espera, porque sos la única que lee las cartas que su hijo el Pedro le manda desde Buenos Aires.

...estoy guardando unos pesos para poder ir a verla, mama. En marzo estoy por allá. Es el mes más lindo, con tanta uva. No sabe las ganas que tengo de ir al valle a comer uvas...

—¿Es que no hay uvas en Buenos Aires?

—Uvas, no sé, doña Nativita, pero tamales seguro que no. Me lo contó la Matilde. ¿Se acuerda aquella vez que le mandó con el Pedro?

—Cómo no me voy a acordar. Si hasta pensé que se estaba volviendo opa la Matilde. ¿Quién no sabe que en Buenos Aires no hay tamales? Eso lo sé yo que jamás he salido de estos cerros. ¿A eso fue la Matilde a Buenos Aires? ¿A descubrir que allá no hay tamales? ¿A qué fue la Matilde a Buenos Aires, eh, Marita, a qué? A enamorarse, a eso fue.

...para cuando vaya en marzo, mama, tengamé preparada una olla de dulce de cayote...

—¿Pero qué comerá m'hijito en esa ciudad que me lo tienen tan muerto de hambre? Pobrecito el Pedro, piel y huesos ha de estar.

Alguna vez había pensado en la posibilidad de conocer el Norte; pero eso sí, nunca en verano. Obviamente, tenía que ser en vacaciones, y hasta ahora siempre se las habían dado entre enero y marzo. Pero podría suceder que, por cualquier motivo, tuviera que tomárselas en invierno o en primavera, por ejemplo; entonces, sí —había pensado— podría ser una buena oportunidad para conocer el Norte. Pero ahora ya no estaba tan seguro. Lo que veía, no le gustaba. Demasiada tierra, demasiadas piedras. Para él, ir de vacaciones era ir a Mar del Plata. Ahí sí que se disfrutaba. Una ciudad grande y hermosa, con vida nocturna; el mar, la playa. Mar del Plata. En menos de dos meses iba a estar en Mar del Plata.

Pero ahora estaba ahí, en ese pueblo perdido de Jujuy, buscando a alguien sin datos precisos, aparte del nombre aportado por una carta que jamás fue leída por su destinataria. *¿Qué te anda pasando, hermana? No contestaste mi última carta. ¿Tenés problemas...?* Y el remitente, *María Valdivieso. Parador Las Tunas. Villa del Carmen. Provincia de Jujuy.* Eso y nada era lo mismo; la chica que se largó a la ciudad y no le contesta las cartas a su amiga. Pavadas. Aunque, claro, nunca se sabe; por eso lo habían mandado a él a investigar.

Ferroni caminaba despacio, tratando de no levantar polvo, pero se daba cuenta de que caminara como caminase, los zapatos se le ensuciaban igual. Además, ya empezaba a sentirse el calor. El sol estaba más alto y picaba fuerte. Si no encontraba rápido un lugar fresco, iba a empezar a chorrear como un condenado.

Quince minutos más de caminata bajo el sol por calles de tierra y Ferroni llegó al parador Las Tunas. Con los zapatos blancos de polvo llegó; hecho una sopa y maldiciendo a Jujuy y al verano, y también a sus superiores por haberlo mandado tan lejos de Buenos Aires. Parador Las Tunas. Almuerzos. Cerveza. Empanadas. Martes y Jueves tamales. Ferroni echó una rápida ojeada a las mesitas dispuestas en la vereda y entró derecho al local. No había nadie, pero el lugar era fresco y estaba limpio. Eligió una mesa junto a la ventana, se sentó en un banco largo de madera apoyado contra la pared y procedió a secarse la cara y el cuello con un pañuelo blanco que inmediatamente se volvió gris y húmedo. Qué asco, pensó, estoy lleno de tierra. Se acordó de los zapatos y los miró. Todos blancos de polvo. Primero uno y después el otro, los refregó contra los pantalones; se limpiaron un poco, pero todavía seguían sucios.

—¿Señor? —preguntó una voz de mujer.

La voz era suave y seca al mismo tiempo; y seguramente los pasos de la mujer eran tan suaves como su voz, porque no la había oído llegar.

—Cerveza. Bien helada.

Ella se fue. Era una mujer joven, una chica. Ferroni se quedó pensando cuántos años tendría. Del otro lado del mostrador, la chica colocó un vaso sobre una bandeja rectangular y luego una botella de cerveza bien fría, con las gotitas de transpiración deslizándose por el vidrio marrón. Después se acercó a la mesa, sosteniendo la bandeja por los costados. La bandeja era de madera y tenía dos asas en forma de garras de león. Destapó la botella. Se guardó el abridor en el bolsillo del delantal azul y regresó al mostrador. Secó la bandeja con un trapo rejilla y la dejó a un costado. Ferroni bebió dos vasos de cerveza, uno tras otro, sin pausa, y volvió a secarse la cara y el cuello con el pañuelo húmedo y gris.

—¿Qué son los tamales? —preguntó, mirando a la chica que miraba a un gato dormido sobre la heladera.

—Es una comida de por aquí. Se hace con maíz, carne, ají. Todo envuelto en chala. Alguna vez los habrá visto...

—No, nunca. Yo vivo en Buenos Aires.

—Ah, claro... En Buenos Aires no hay tamales.

La chica volvió a mirar al gato y Ferroni tomó de un trago su tercer vaso de cerveza.

—Busco a María Valdivieso —dijo de un tirón, mirando el vaso vacío.

La chica dejó de mirar al gato y miró al hombre, sorprendida.

—Soy yo —contestó con la misma voz suave de antes, aunque ahora un poco más fuerte, como si ante la mención de su nombre le surgiera la necesidad de plantarse mejor frente al desconocido.

Ferroni se quedó mirándola, tratando de recordar cómo se había imaginado antes a la amiga de la mujer de José Luis Benetti, el ferroviario huelguista, el subversivo. No podía recordar qué imagen se había hecho de ella. Quizá no se había hecho ninguna. Quizás ahora, al verla ahí, con esa apariencia tan frágil, suponía que antes había imaginado otra cosa, algo totalmente distinto de lo que tenía frente a sus ojos. Pero no, seguramente no había imaginado nada. Lo único cierto era lo que estaba viendo, una muchacha delgada, más bien alta, de pelo negro y largo recogido en la nuca, que lo miraba con sus ojos oscuros y sorprendidos. La chica tenía una cara de esas que uno las mira y ya sabe que siempre se guardan algo. ¿Cuántos años tendría? ¿Diecisiete, dieciocho?

—En realidad, estoy buscando a Matilde Trigo. No sabemos nada de ella, y como usted es su amiga… ¿Es su amiga, no es cierto?

—Claro, somos amigas de toda la vida. Pero… ¿qué le pasó a la Matilde?

La chica salió de atrás del mostrador y se acercó a la mesa. Se quedó parada, con las manos apretando el respaldo de una silla de paja. Ferroni se había apoyado contra la pared y miraba el dedo índice de su mano derecha que se deslizaba lento por el borde del vaso.

—No sé qué le pasó. La estamos buscando porque hace dos meses que no aparece por la casa del hermano ni por donde estaba trabajando. Se fue y no le avisó nada a nadie. Además no se llevó ni la ropa, siquiera. El hermano hizo la denuncia cuando volvió del Brasil. Después se fue otra vez. Está trabajando allá. En la casa de Monte Grande encontramos una carta con su nombre y este domicilio, por eso estoy aquí. Soy detective. Vine para averiguar si usted sabe algo de Matilde Trigo.

Los ojos de la chica miraban con miedo, pero no decían nada. Eran ojos en los que no se podía leer. A Ferroni le hubiera gustado encontrarse con otra mirada, más dócil, más permeable, de ésas que se doblegan cuando las enfrenta un par de ojos duros y secos como los suyos. Pero no era de esa clase la mirada de María Valdivieso.

—Qué voy a saber yo, si hace más de tres meses que no me escribe. Las dos últimas cartas no me las contestó. Me imaginé que andaría en problemas porque es raro que la Matilde no me escriba...

—Dos cartas que no le contestó... La que encontramos en la casa de Monte Grande es de noviembre.

—Ésa es la última, antes le mandé otra, en octubre.

—Solamente encontramos la de noviembre...

—¿Y las anteriores, las cartas viejas?

—No vimos ninguna carta más. En la casa había ropa y otras cosas, pero cartas, ninguna. Salvo la última... ¿Usted le escribió muchas cartas?

—Unas cuantas. Igual que ella a mí. La Matilde me empezó a escribir ni bien llegó a Buenos Aires, hace ya más de dos años, y yo le contestaba cada carta que recibía.

—Qué raro... No había otras cartas en la casa...

—Las habrá roto...

—No creo. Se las debe de haber llevado. Uno acostumbra guardar las cartas de sus amigos. Una cuestión sentimental, ¿no? Lo raro es que se haya llevado las cartas y no la ropa. ¿Por qué se iba a llevar las cartas...? —preguntó mirando a la chica a los ojos, tratando de llegar un poco más lejos o más adentro, a la vez que sentía que era imposible, porque la mirada de la chica era como una pared; una pared lisa, sin una sola rajadura por donde pudiera filtrarse su propia mirada—. Claro que... si no se las llevó y en la casa no están —siguió, sin apartar sus ojos de los de ella—, entonces las rompió. ¿Y por qué? ¿Usted rompió las cartas que ella le mandó?

—No, no. Yo no las he roto. Las guardo... —respondió la chica, arrepintiéndose al instante de lo que había dicho.

Ferroni dejó de acariciar el borde del vaso y por primera vez sonrió. La chica seguía parada junto a la mesa, apretando el respaldo de la silla. El gato saltó de la heladera y se acercó adonde ellos estaban; subió a la silla de paja, miró a su dueña y se enroscó somnoliento. Luego movió una oreja, cerró los ojos y se durmió.

—¿Qué pudo haberle pasado? —preguntó la chica, deseando, sin saber por qué, que no se hablara más de las cartas.

—¿Quién sabe? En Buenos Aires pensamos que a lo mejor usted nos podía ayudar. Que a lo mejor Matilde Trigo le habría mandado una carta... una última carta...

—Ya le dije que hace más de tres meses que no me escribe —ahora la voz de la chica era más dura.

—¿Y tampoco vino para acá...? —preguntó Ferroni, comprendiendo tarde que la pregunta tendría que haberla hecho al principio. Ahora ella desconfiaría y pondría más distancia.

—Si hubiera venido ya se lo habría dicho.

Tal cual. Los ojos de la chica ya no eran sólo una pared sin rajaduras; eran un bloque de cemento, una muralla de acero. Ferroni volvió a acariciar el vaso; suavemente pasaba el dedo índice de la mano derecha por el borde, mirando distraído cómo se deslizaba por el vidrio.

—Puede haber tenido algún accidente... —murmuró ella.

—Es lo primero que investigamos. Hospitales, la morgue, lo habitual... —Ahora Ferroni miraba nuevamente a la chica.— Pero no, nada. No encontramos nada.

—Entonces, ¿qué puede haber pasado?

—A lo mejor, usted nos ayuda...

—¿Cómo...?

—Las cartas... —dijo él, sin apartar sus ojos de los ojos de ella.

—No entiendo —dijo apenas, la chica, sin mover los labios, como si no lo hubiera dicho, como si el pensamiento puro le hubiera salido por la boca cerrada, sin permitirles a las palabras que le dieran su forma.

—Me refiero a las cartas que ella le mandó a usted y que usted conserva. ¿Por qué no me las presta? A lo mejor hay una pista, algo...

—Nada —dijo, ahora alzando la voz—. En las cartas no hay nada que pueda servir para encontrar a la Matilde.

—¿Por qué no deja que eso lo decida yo?

—Esas cartas mi amiga me las escribió a mí. Si yo le digo que no hay nada, es porque no hay nada. Vaya a buscarla a Buenos Aires. Averigüe allá dónde está la Matilde. Aquí no ha venido.

—¿Por qué no quiere colaborar? Usted tendría que estar interesada en que aparezca su amiga.

—Ya le dije que aquí la Matilde no vino. Búsquela en Buenos Aires. Allá es donde vive.

Ferroni tomó el resto de cerveza que le quedaba y se limpió minuciosamente los labios con un cuadradito de papel blanco que sacó de un vaso, colocado en la mesa a modo de servilletero. Después preguntó cuánto le debía y pagó. La chica guardó el dinero en el bolsillo de su delantal, puso el vaso y la botella en la bandeja, limpió el hule de la mesa con el trapo rejilla y volvió al mostrador. Ferroni la siguió.

—Si usted me dejara leer esas cartas, a lo mejor encontraría algo, un dato, una pista, cualquier cosa como para saber dónde buscar —insistió, fingiendo cierta humildad.

—En las cartas no va a encontrar nada. Me cuenta cosas de Buenos Aires; hasta de un río mugriento me habla. Llegué a pensar que estaba loca. Mire que gustarle un río negro de mugre. También me contó que tiene un novio. José Luis se llama. ¿Ya hablaron con él?

—Sí. Ya hablamos. Pero no sabe nada. Parece que ya no estaban de novios…

—¿Cómo…? No puede ser… —ahora los ojos de la chica dejaban al descubierto su confusión.

—¿Por qué no puede ser?

—No... por nada.

El breve momento de confusión pasó. Y si ahora María Valdivieso seguía confundida, lo ocultaba muy bien.

—¿Por qué no deja que decida yo si lo que le dice su amiga es importante o no? Deme las cartas —ordenó, mirándola fijamente y con la certeza, adquirida por una larga práctica, de que la orden la intimidaría.

—Ya le dije que no se las voy a dar —dijo ella, sin apartar su mirada de la de él—. La Matilde me cuenta cosas íntimas, que solamente se le cuentan a una amiga. Y yo no voy a andar ventilando su vida con nadie. Además, ya le dije que no hay ningún dato que pueda servir para saber dónde está. Pero se me ocurre algo —dijo, ahora, mirando hacia la ventana—. Dentro de una semana es mi cumpleaños. La Matilde jamás se olvidaría. Si no me escribe para esa fecha, habrá que pensar lo peor... En ese caso, tendrá que buscar en la morgue —y ahora volvió a mirarlo fijamente a los ojos.

—Está bien. Vamos a esperar, a ver si escribe. Pero mientras tanto, piense que a lo mejor ganaríamos tiempo si me dejara ver las cartas... Voy a volver por aquí antes de su cumpleaños, por si cambia de idea.

La chica no contestó. Se quedó quieta, con los brazos apoyados en el mostrador, mirando al hombre que se iba.

—¿Qué quería el porteño?

—¿No escuchó?

—Yo no ando parando la oreja detrás de las puertas. Si querés, me contás y si no, me da lo mismo.

Estuvo escuchando. Ni una palabra se perdió. Pegada a la pared de la cocina, asomándose apenas para verle la cara al porteño, oyó todo. Siempre oye todo tu abuela, si lo sabrás, Marita. Pero igual le vas a contar, le vas a decir con pocas palabras, las indispensables, que el hombre anda buscando a la Matilde. Ya le estás diciendo que es su hermano quien se ha ocupado de hacerla buscar. El Luchito, que ya hace tanto que se ha ido a Buenos Aires y que ahora parece que está en el Brasil. Pero no le hablás de las cartas. No le decís que el porteño te pidió las cartas de la Matilde. No, no se lo decís. Si quiere saber, que pregunte, te repetís, que pregunte, así queda bien claro que estuvo escondida escuchando.

—¿Y a qué se fue el Luchito al Brasil?

—A trabajar se fue.

—¿Y la Matilde no se fue con él?

—Parece que no.

—¿Y por qué la vienen a buscar por aquí?

—Vaya a saber.

—Y qué tenés que ver vos, me querés decir.

—Nada. Yo no tengo nada que ver.

Ya está, Marita. Ni una palabra de las cartas. Total, ya lo sabe. Vamos a ver cuánto aguanta sin preguntar. Ahora vos andate a la cocina y empezá a preparar la masa de las empanadas. Ya es hora. Que se quede ella en el mostrador por si viene alguien. La harina y el ají colorado. Es bueno mezclar un poco de ají seco y molido con la harina. Para que la masa se ponga coloradita. Así te lo enseñó Natividad, que tanto sabe de empanadas y tamales y quesos de cabra y también de dulces. Nativa es buena. Allá sola, entre los cerros y el cielo. Nativa sabe muchas cosas, pero no dice todo. Va sacando de adentro, por partes y según las ganas que tenga de contar. Nunca te habló de tu madre. Y ella debe saber, claro que sí. De tu madre que te hable tu abuela, te dijo. Yo la quise mucho a la Isabel, pero no me pareció bien que se fuera y te dejara. Y otro día: tu abuela tiene la culpa de que tu madre se haya ido. ¿Por qué, doña Nativita, por qué? Ya la conocés a tu abuela, cansa hasta al más santo. Cuanto más se golpea la masa, más tierna queda. Un golpe y otro y otro, con los puños bien cerrados. Ahora abrí las manos y hundí los dedos en la masa y después sacalos, como si le arrancaras las tripas a la masa, o el corazón. Mejor el corazón, Marita, arrancale el corazón.

—¿Qué más quería el porteño, María?

Ahí está. Tenía que preguntar. Quiere que vos se lo digas. No le alcanza con haber escuchado detrás de la puerta. Quiere tus palabras.

—Ya le dije, la busca a la Matilde.

—Te habló de las cartas…

Lo dijo. Las cartas. Tardó menos de lo que pensaste. Aguantate, Marita, no le respondas.

—Quiere las cartas de la Matilde… ¿Se las vas a dar?

Ahora la masa es un bollo blando, tierno, suave. Una leve presión con el dedo y ya queda la marca. Masa tierna. Masa tierna. Así debe ser el mazapán. Masitas de mazapán, bocaditos de mazapán. Toda la dulzura en su mesa de Navidad, decía la receta de aquella revista que leíste en el consultorio del doctor Castillo cuando acompañaste a tu abuela. Toda la dulzura en su mesa de Navidad. Mazapán. Mazapán. Nunca conociste el mazapán, Marita. Masa tibia y blanda y suave. Bollo tierno, apenas coloradito por el ají, apenas, apenas. Dice Natividad que si en vez de mezclar el ají con la harina, lo freís un poco con aceite y hacés una pasta y se la agregás a la masa, entonces la masa queda bien coloradota —coloradota dice doña Nativita y a vos te hace gracia—, pero que ella prefiere el colorado suavecito, que le gusta más. A vos también, Marita, te gusta así, porque ese coloradito es suave y tierno igual que la masa. Así debe ser, queda mejor.

—¿Se las vas a dar?

Bonito quedó el bollo. Ahora tapalo con la servilleta blanca. No lo sobes más, así está bien. La Matilde nunca quiso aprender a hacer las empanadas. No puedo, decía, no puedo, me hacen recordar a la mamita y me duele mucho. Nunca le gustó la cocina. Cuando el Luchito se fue y ella se vino un tiempito a vivir a la casa, se lo pasaba limpiando, nunca cocinó. Yo te lavo los platos, Marita, te decía, te lavo las ollas, el piso, las mesas, te atiendo a la gente, pero no me mandes a la cocina. Y aquella vez que fuiste a lo de doña Nativa a buscar los tamales y te retrasaste un poco porque había carta del Pedro, acordate que al volver la encontraste a la Matilde en la cocina, llorando y pelando papas porque tu abuela la había obligado. Vos te enojaste, con razón te enojaste. ¿Qué derecho tenía ella a obligarla a cocinar? ¿Para qué, si vos ya volvías? Si había tiempo de sobra para preparar la cena. Ganas de hacerla rabiar, nada más. Y la muy boba lloraba. ¿Por qué llorás? No le hagas caso y ya está, le dijiste. Pero ella siguió llorando y dijo que no era por tu abuela, sino por su madre. Mamita me enseñó a pelar las papas, decía la zonza, no puedo pelar papas, me acuerdo de la mamita y me pongo triste. ¿Qué habrá hecho la Matilde en Buenos Aires, eh, Marita? ¿Qué habrá hecho si la patrona la mandaba a cocinar? Nunca te lo contó. Y nunca se lo preguntaste. ¿Por qué no se lo preguntaste? ¿Y ahora cuándo se lo vas a preguntar?

—Yo que vos se las daría.

—¿Para qué?

—Para que encuentre a la Matilde.

—En las cartas no hay nada que pueda servir para encontrarla.

—A lo mejor a él le sirven.

—No le sirven. Y esto no es asunto suyo, abuela, no se meta.

—A mí nadie me dice dónde tengo que meterme, y menos vos.

Callate, Marita. No le contestes. Que se muerda sola. Vos no abras la boca.

—Dale las cartas al porteño. ¿Para qué las querés, si ya las leíste?

Hay que poner más cerveza en la heladera. Acordate que ayer te faltó. Anotate las cosas, Marita. Andás algo distraída. Poner más cerveza a enfriar, terminar las empanadas, encargarle más tamales a doña Nativa.

—Quién te dice que, en una de ésas, el porteño encuentre algo, una dirección, un comentario que a vos no te pareció importante; cualquier cosa puede servir para saber dónde está la Matilde... Mirá si la encuentran gracias a esas cartas que vos tenés escondidas como si fueran de oro...

No sabés lo linda que es Buenos Aires, Marita. Cómo me gustaría que vinieras. Si te animás, ya mismo te busco una casa para que trabajes. Te cuento que viajo todos los días en tren. ¿Te acordás cuando éramos chicas y las de Ruiz nos regalaron aquel Billiken lleno de trenes? ¿Te acordás que después empezamos a jugar al tren? ¿Y que soñábamos con viajar en un tren de verdad? Se me hizo de veras el sueño, negrita. Viajo todos los días desde Monte Grande a Constitución para ir a trabajar y después al revés, porque vivo en Monte Grande que es otra ciudad, no es Buenos Aires, pero queda más o menos cerca. Y Constitución es un barrio de Buenos Aires y es la estación adonde llega el tren. Y más no sigue, ahí se planta.

Ay, Marita, no quiero olvidarme de una cosa que me pidió el Luchito, que por favor cuando la veas a doña Nativa le digas que su hijo el Pedro va a ir para allá, que no le avisó en su última carta porque no sabía si iba a poder ir. Pero ahora ya sabe que va. Y que por favor doña Nativa me mande unos tamalitos con el Pedro cuando vuelva, para el Luchito y para mí, que los extra-

ñamos tanto, porque acá en Buenos Aires no hay. ¿Podés creer, Marita, habiendo tantas cosas, que no haya tamales? Por favor, no te olvides, y saludala a doña Nativa de parte del Luchito y mía más, y desde ya que muy agradecidos mi hermano y yo.

No te imaginás lo contenta que me puse cuando recibí tu carta. A veces me siento un poco sola, ¿sabés, Marita? Extraño tu amistad, por eso me gustaría que te vinieras para acá. Por la vivienda no tenés que preocuparte, te podés acomodar con el Luchito y conmigo en Monte Grande, que hay lugar de sobra. Y hasta podríamos viajar juntas en el tren todos los días, ida y vuelta, como cuando jugábamos. Tengo ganas de mostrarte la estación de Constitución, con ese techo altísimo y redondo, y los puestos de pan y los de diarios y revistas y también los andenes, que tienen techos de fierro y vidrios, y no sabés cuando llueve, Marita, lo bonito que es escuchar la lluvia ahí, en los andenes y ver a las palomas que buscan refugio entre las vigas...

Qué pregunta la tuya, Marita. ¿Cómo no va a haber río por acá? Claro que hay. Todos los días cruzo uno con el tren. Riachuelo se llama. ¿No te suena a cielo? Un cielo negro y brillante, de tormenta negra, de truenos y relámpagos negros, de lluvia negra. No, Marita, no estoy loca. Ya sé que te estarás riendo de mí, pero no estoy loca. Lo que pasa es que este río es muy sucio. No es como el nuestro, tan limpiecito, con el agua que viene del cerro, que corre y salta y choca con las piedras y uno lo ve y lo oye.

Me acuerdo, Marita, cómo suena nuestro río, me acuerdo. No tengo más que cerrar los ojos y ya lo oigo. Pero éste de acá no suena, es de aguas quietas y además no sé de dónde viene. No hay cerros en Buenos Aires para que baje el agua. ¿De dónde vendrá, no, Marita?

La chica dijo una semana. Una semana para su cumpleaños y la carta de la amiga. Si no llega la carta, que busque en la morgue dijo la chica, y él supo, por las palabras y por cómo las dijo, que era así, que si la carta no llegaba, Matilde Trigo estaba muerta. Pero fue en ese momento, nada más, que lo pensó. Fue la seguridad de la chica lo que le hizo sentir eso, porque si estuviera muerta, él lo sabría; no iba a andar buscando información justo ahí, a tantos kilómetros de Buenos Aires, con ese calor y toda la tierra blanqueándole los zapatos.

Ferroni se miró los zapatos. El sol del mediodía recalentaba la capa de tierra que los cubría y la fundía con el cuero. Para limpiarlos bien no iba a tener más remedio que pasarles un trapo húmedo; primero seco, mejor; después húmedo; dejarlos que se aireen un poco y, al final, la pomada. Una buena lustrada todas las noches para que el cuero no se reseque.

Nada más recalcitrante que ese sol de mediodía pesándole en todo el cuerpo; en la cabeza, más que nada. Ferroni pensó en Buenos Aires y hubiese querido encontrarse allí. No pensó en Mar del Plata y sus vacaciones de marzo. Pensó en Buenos Aires. A esas horas estaría en la oficina de su superior, disfrutando del aire acondicionado. Un almuerzo liviano, una cerveza y la breve siesta en el sillón de su jefe. Breve y fresca siesta reparadora antes de volver a los interrogatorios. En ese pueblo estúpido también podía dormir la siesta; una siesta sin aire acondicionado. Ni ventilador había en la pieza. A la noche no lo había necesitado. En el Norte siempre refresca de noche, le había dicho Suárez. El calor te lo vas a tener que aguantar en el día. Vas a dormir bien, le dijo. Ya vería qué hacer. En todo caso le podía pedir un ventilador prestado a la dueña. No tenía por qué asarse en la cama. Y si la dueña no tenía ventilador, se compraba uno y listo. Nadie le iba a poner límites a sus gastos; después de todo, él no acostumbraba a andar derrochando. Si se compraba un ventilador era porque lo necesitaba. Ya vería, todo a su tiempo. Ahora lo que tenía que hacer era buscar un lugar decente para comer. El bar de la chica era limpio, pero no. Mejor no aparecer por ahí otra vez. Ya habría tiempo. Un lugar limpio y una comida como la gente; no pedía más que eso.

Ferroni dobló por una callecita sombreada, de veredas más anchas que las otras calles, con árboles frente a las casas. El empedrado parecía recién hecho; las piedras, seguramente de algún río cercano, mostraban una superficie perfectamente redondeada, como si jamás hubieran sido pisadas. Al parecer, por allí pasaban pocos vehículos, o quizá ninguno. Había manchones de sol en el empedrado, en las veredas, en las paredes de las casas. Los rayos del sol del mediodía caían pesados sobre las copas de los árboles, y al chocar contra las hojas se desmadejaban en infinidad de hilos que bordaban los encajes de luz de la callecita. A Ferroni le gustó la callecita. Y mientras la caminaba despacio, le pareció que estaba separada del resto del pueblo, como si perteneciera a otro sitio y también a otro tiempo. Tal vez el hecho de que no hubiera nadie contribuyó a dar peso a esa sensación, sumado a la sombra de los árboles, el empedrado y las manchas de sol; y la anchura de las veredas, sí, porque Ferroni no había visto veredas anchas en ese pueblo, por lo menos, no tan anchas como ésas. Ni un perro había, y eso era raro. Ferroni calculó el largo de la callecita. Empezaba —o terminaba— donde él la había encontrado; allí la cortaba la calle transversal. Hacia el lado opuesto parecía extenderse unas tres cuadras, más o menos. Su vista llegaba hasta una borrosa mancha verde; no veía nada más. Siguió caminando despacio, mirando hacia un lado y otro. Lo único que se veía de las casas era una pared encalada, rematada por una hilera de tejas sobre las cuales asomaban enredaderas con flores. Una puerta doble de madera dividía en dos la blancura de la pared, o el amarillo de la pared, según los casos. No había otros colores para esos muros, salvo el borrón rojo de algún ladrillo que quedaba a la vista por falta de revoque o pintura, y que para nada desentonaba con el color de la calle toda, sino que, por el contrario, resultaba necesario. Ferroni llegó hasta la esquina y se detuvo junto a un árbol; lo sorprendió un recuerdo. Le faltaban dos cuadras para completar la calle. Eran cuadras cortas; ahora estaba seguro de que quedaban sólo dos. El manchón verde del fondo se destacaba más. El recuerdo le vino junto a una ráfaga de calor que le golpeó la frente y las sienes y se le quedó ahí, convertida en latidos que alternaban con el recuerdo; un recuerdo que no acababa de precisarse, como esas manchas de sol que temblequeaban un poco cada vez que la brisa movía las hojas de los árboles. Ferroni entrecerró los ojos y los fijó en el verde del fondo; otra calle, perdida en el tiempo, se desplegó sobre la callecita empedrada como un sobreimpreso. No dejaba de ser esa callecita, pero también era otra; una calle de su infancia; quizá la primera calle de su vida. Lo supo, lo intuyó, quiso creerlo. Una calle adoquinada de Barracas, donde vivió con sus padres antes de que la madre se fuera. No hay nadie en la calle del recuerdo y el sol quema y los adoquines relucen y también los irregulares baldosones de la vereda, amplios y gastados, de un color gris azulado; baldosones que fueron la pista de sus carreras de autitos (él jugaba con los autitos en esa vereda; ahora lo sabía). Una casa de paredes muy altas, con campanillas azules colgando hacia afuera y una puerta de madera cerrada. ¿Qué hay detrás de la puerta? ¿Por qué no se abre? Es verano y es la hora de la siesta. Él se escapaba siempre a esa hora. Las campanillas azules florecen en verano. No sólo en la casa de la puerta cerrada había campanillas, también había en el terraplén. El terraplén estaba al fondo de su calle, con las enredaderas de campanillas como un manchón verde flotando en el aire. No distinguía las campanillas azules desde su vereda, sólo el manchón verde de las hojas, que reverberaba en el fondo de la calle. Verde reverberante. Verde. Dos cuadras hasta el verde. Dos cuadras iguales a la anterior. Las mismas casas silenciosas con sus paredes con reborde de tejas, las enredaderas asomando hacia la calle, las puertas cerradas, silencio, las manchas de sol con leve temblor de hojas, las puertas cerradas.

Ferroni caminó hasta el final de la callecita y comprobó que la mancha verde eran las copas de dos limoneros que se asomaban sobre la pared baja de una casa, en la calle transversal. Tenía hambre. Miró hacia ambos lados y giró a la izquierda, guiado por un cartel de Coca-Cola.

Te cuento que hace una semana que me voy a mirar los trenes desde un puente que descubrí caminando, una tarde, cuando salía de trabajar. Siempre voy por calles distintas, para conocer. El puente cruza por encima de las vías y si te parás y mirás para abajo, ves cómo se juntan, se separan, se enredan, se tuercen, brillando al sol como las víboras cuando duermen entre las piedras. ¿Te acordás aquella vez que estábamos en el río y vimos un montón de coralinas, todas estiradas sobre una piedra, tomando sol? Cómo brillaban las coralinas. Así brillan las vías.

Y no sabés lo que es ver los trenes desde arriba. Vos te vas a reír, pero no hago más que pararme en el puente y me vienen a la mente aquellas siestas del verano, cuando trepábamos al cerro y nos echábamos entre las piedras, cabeza abajo, para mirar el río, brillante y temblón como una viborita, finito visto desde tan alto, y después aparecía don Cosme con sus mulas, caminando junto al río y nos reíamos al verlas desde lo alto, tan anchas y sin patas, una detrás de la otra. Es lo mismo, Marita, los trenes tienen el lomo ancho y pasan despacio por abajo del puente, y tampoco se les ven las patas.

Lo vi desde el puente. Lo vi una tarde linda, llena de sol. Vieras cómo me asusté, Marita. Estaba tirado entre las vías y venía un tren, imaginate vos, yo ahí, mirando. ¿Qué podía hacer, pues? Gritar. Eso, gritar. Grité con todas mis fuerzas. Le grité que se corriera, que venía el tren, pero él, nada. Ahí seguía, panza abajo, junto a la vía. Para colmo no había nadie en el puente para que gritara conmigo, y el loco ahí tirado para matarse, y me acuerdo que pensé qué raro se va a matar boca abajo. No sé, pero me imagino que si alguien se acuesta en las vías para que lo pise el tren, se pone boca arriba, mirando el cielo. Pero el loco, al revés. Todo eso pensé y cerré los ojos y el tren pasó y no los quise abrir. Me quedé ahí parada, tapándome la cara con las manos, quieta, dura, muerta de miedo. Entonces pasó algo raro, oí que me llamaban desde abajo del puente. Me llamaban a mí, pero no por mi nombre, claro, si no me conoce nadie. Eh, piba, qué te pasa, decía la voz. Piba, me dijo piba. Nunca nadie me había dicho piba. Y a vos, tampoco. Allá, en el pueblo, nadie dice piba. Suena bonito, Marita, piba, piba, seguía la voz, qué te pasa. Abrí los ojos y lo vi. Era él, el loco de la vía. Estaba parado y me saludaba con una mano, y volvió a gritar qué te pasa. Y ahí me di cuenta de todo y se me mezcló la alegría de verlo vivo con la vergüenza. No sabés qué vergüenza, Marita. Estaba vestido con un mameluco de trabajo, y en una mano tenía una herramienta. No se quería matar, no. Estaba arreglando las vías, y si yo no hubiera cerrado los ojos, me habría dado cuenta que el tren que se acercaba iba por otro ramal. Qué burra me sentí. Tenía ganas de salir corriendo, pero no podía moverme, seguía dura como una piedra. Y como algo tenía que decir, le grité la verdad, que había pensado que el tren lo iba a pisar. Se me quedó mirando. No me decía nada y me miraba. Y me dio más vergüenza. No sabía qué hacer. Entonces me gritó gracias. Bien fuerte lo gritó. Gracias, piba, gritó. Y me siguió mirando y volvió a gritar estoy trabajando, pero gracias igual. Y me saludó con la mano. Y yo dejé de sentirme una tonta. Y ahí me di cuenta que ya podía moverme, así que me fui. Pero me fui con ganas de quedarme, con ganas de que el chango me siguiera mirando. Pensando en él me fui. Bajé del puente y caminé hasta la estación, y después corrí para llegar al andén porque el tren ya salía, pero fijate vos que a último momento me arrepentí y no subí. Me dije no subas, Matilde, está muy lleno, esperá el otro. Y me quedé parada, viendo el tren que se iba. Después me puse a caminar mirando los techos de vidrios, ¿te acordás que te conté que me gustan tanto? Ahora tenían un color diferente. Es que era más tarde que de costumbre y el sol ya estaba bastante bajo y les daba otro color a los vidrios, tirando a naranja, vieras qué bonitos. En eso estaba yo, hermana, mirando para arriba, como opa, imaginate vos, cuando de repente sentí que alguien me miraba. Sentí unos ojos encima de mí, ¿me entendés?, entonces me puse a buscar esos ojos, y ahí estaban, mirándome fijo, los ojos más bellos que vi en mi vida, te juro. Ojos verdes como las uvas de marzo. Verdes con puntitos dorados, como cuando el sol las salpica entre las hojas de la parra. Era él, Marita de mi corazón, era él, el mecánico, el que arregla los trenes y las vías, el chango que estaba tirado panza abajo y que yo pensé que se iba a matar. Era él y me miraba. Con esos ojos, negrita, con esos ojos de uva madura al sol colgada de la parra. Estoy enamorada, estoy loca. Nunca me había pasado algo así. Nos vemos todos los días, todas las tardes. Ah, se llama José Luis, todavía no te lo había dicho...

Vos sabés, hermana, que cuando se me murió la mamita sentí que con ella se me iba la vida. Vos lo sabés mejor que nadie, negrita. Fue la única vez que quise morirme y si no hubiera sido por vos, a lo mejor me tiraba al río, nomás. No vayas a creer que no lo pensé. Si hasta lo soñé. ¿Te acordás una noche que me desperté gritando y tu abuela se levantó para ver qué pasaba? Había soñado que me tiraba desde un cerro y caía en las piedras de la quebrada. De rodillas había subido al cerro. Y yo me veía subir, como en una película. Me sangraban las rodillas y se me cortaban los dedos agarrándome de las piedras. Y yo me miraba, me miraba a mí subiendo el cerro, como si estuviera en una nube, mirando para abajo. De golpe ya estaba en la cima del cerro. Parada estaba, con los brazos abiertos. Y tenía un vestido blanco. Recién ahí me di cuenta del vestido; era largo hasta los pies y tenía sangre a la altura de las rodillas. Entonces miré para abajo, pero no vi la quebrada con las piedras. Vi un río de aguas claras lleno de flores. Y me tiré. Me vi caer con los brazos abiertos y los ojos cerrados. Pero algo me dio miedo o curiosidad, no sé, y abrí los ojos y no vi las flores ni el agua clara. Vi la quebrada seca, llena de piedras como es de verdad. Entonces grité. Grité mientras caía y me veía caer. Y ahí me desperté. ¿Y a qué viene todo esto, te preguntarás? A qué tanto recordar la muerte y el dolor. Es bueno recordar el sufrimiento de vez en cuando, porque así una valora más lo que tiene de bueno la vida. Mirá si me mataba, nomás, cuánto dolor le habría traído al Luchito, que es tan bueno y me quiere tanto, y a vos, Marita, que sos como mi hermana. Y además no lo hubiera conocido al José Luis. ¿Te das cuenta? Nunca hubiera sabido lo que es estar enamorada. Tenés que enamorarte, Marita. Tenés que venir a Buenos Aires para conocer un chango lindo y bueno como el que yo conocí. ¿Quién queda allá en el pueblo para que te puedas enamorar? Contame si hay alguno, por favor.

Me espera casi todas las tardes, cuando salgo de trabajar. Según qué turno tenga él, claro. A veces termina muy tarde, entonces lo veo un ratito en la estación y después me tomo el tren para mi casa. Los sábados me viene a buscar a Monte Grande. Él vive en Lanús, que es otra ciudad y no queda muy lejos de Monte Grande. Al Luchito le cayó muy bien el José Luis. Se conocieron los dos el primer sábado que él me vino a buscar. Estuvieron charlando un rato, mientras yo terminaba de arreglarme, y después el José Luis me dijo que mi hermano era un gran tipo y que le gustaba su manera de pensar. Yo me puse muy contenta.

Fue el primer beso de mi vida, Marita. Yo no sabía que se besaba así, con toda la boca, con la lengua, con los dientes, con rabia. Con el Huguito Arancibia nos besábamos en la escuela, pero era distinto. ¿Te acordás que una vez nos vio la maestra y yo me puse a llorar porque me dijo que le iba a contar a la mamita? No le contó nada, al final. Era buena la señorita Mercedes. Pero es de los besos que te quiero hablar, y no de la señorita Mercedes. Los besos que yo conocía eran de boca cerrada, como los que nos dábamos con el Huguito, puro apoyar los labios en los labios del otro y nada más. Para mí eran los únicos que existían. Y me parece que para vos también, Marita. ¿O ya sabés lo que es un beso de verdad y nunca me lo contaste?

—¿Qué andás cargando en esa caja, m'hija?

—Son las cartas de la Matilde, doña Nativita, quiero que me las guarde.

¿Dónde van a estar más seguras? Aunque si tu abuela nunca las encontró, es porque estaban bien escondidas. Pero ahora van a estar mejor. Si ella es astuta, vos no te quedás atrás. Buena maestra has tenido, Marita. Cuántas veces habrá buscado las cartas tu abuela. Y ahora es peor, claro, porque las quiere el porteño y tu abuela es capaz de dar vuelta la casa con tal de encontrarlas y dárselas, nada más que para llevarte la contra. Si la conocerás a tu abuela.

—¿Dónde querés que las guarde, pues?

—¿A usted qué le parece?

—Las cartas del Pedro las tengo en una olla, debajo de la cama.

—Pues entonces la caja de la Matilde me la pone ahí mismo, doña Nativita, al ladito de la olla del Pedro.

Y ahora que revuelva, nomás. Que ponga la casa patas para arriba. Que reviente de rabia cuando vea que no las puede encontrar. Después de todo, al porteño no le van a servir de nada. ¿Qué iba a encontrar en las cartas? ¿De qué se iba a enterar?, ¿de lo enamorada que está la Matilde del José Luis? Eso no le va a servir para dar con ella… Pero él dijo que ya no están juntos, que el José Luis no sabe nada de la Matilde… No, eso no puede ser. ¿No puede ser? ¿Por qué? ¿Por la guagua no puede ser? No será la primera ni la última que nazca sin padre. ¿Y si se viene para acá? Tal vez esté viniendo, por eso no escribe. ¿Pero cómo no le avisó al Luchito? Tanto que lo quiere a su hermano, ¿cómo no le iba a avisar? ¿Y si le pasó algo malo? Qué le pasó, pero.

Sus manos son anchas y tibias. La primera vez que salimos, fuimos a pasear a un parque. Íbamos caminando, callados, y de golpe me empezó a acariciar un brazo. Sus dedos subían y bajaban muy despacio acariciando la piel; eso, nada más, pero yo empecé a sentir un cosquilleo en las piernas y un temblor en las tripas que me gustó mucho; no sabés cómo me gustó. Y te juro que lo único que hizo fue acariciarme un brazo...

Hace dos días que no deja de llover. Ahora estoy en el tren. Me gusta mirar por la ventanilla y ver todo a través del vidrio mojado. Me gusta ver las gotitas que golpean contra el vidrio y se aplastan y se caen, una, otra, otra, como lucecitas que revientan y vuelven a crecer de nuevo y así siempre. Miro por la ventanilla y miro la hoja donde te escribo, negrita, no vayas a pensar que escribo sin mirar. Pero creo que es más lo que me dejo ir del otro lado del vidrio que lo que me detengo en la hoja, porque fijate vos, hermana, lo poco que te escribí y ya estoy llegando a Lanús, que es donde vive el

Luis. ¿Ya te lo conté, no? Sí, te conté que vive en Lanús. Lo que no te conté es que el sábado pasado me fue a buscar a Monte Grande para salir y cuando llegó, el Luchito estaba en la calle, ayudando a un vecino a arreglar el auto. Yo recién terminaba de bañarme. Me estaba secando lo más tranquila porque era temprano, cuando de golpe se abrió la puerta del baño. No sé qué pensé. Me asusté, nada más. Me sorprendí. Yo no sabía que el José Luis había llegado, ya te dije que era temprano. Bueno, estaba ahí, mirándome, serio, con esos ojos que saben mirar tan adentro. Quiero verte desnuda, me dijo. Y yo le dije que mi hermano podía entrar en cualquier momento. Y él me dijo que era un segundo, nada más y me tironeó la toalla para abajo y yo aflojé los brazos y las manos y la dejé caer. Y me vio desnuda. Fue la primera vez.

Una mancha verde contra un fondo de cielo y pared. Cielo de verano. Limpio cielo luminoso de su calle. No es mi calle, se repite Ferroni, tirado en la cama, boca arriba, mirando más allá del cielorraso de la pieza alquilada, no es mi calle. Tenía razón la dueña de la pensión, acá no hace falta ventilador, va a ver qué fresca es la pieza. La mancha verde crece y ocupa casi todo el techo. Ahora, Ferroni distingue las campanillas azules. La mancha verde, aumentada en la pantalla del cielorraso, es una enredadera de campanillas que cae sobre una pared oscura. Y la pared, cuya imagen también se ve aumentada en el cielorraso, está formada por los negros y anchos tablones verticales que amurallan el terraplén. (No es mi calle, no es la que siempre recordé, pero es mi calle.) Ferroni parpadeó y la imagen se achicó otra vez. Ahora no distingue los tablones del terraplén; sólo un fondo oscuro debajo del verde. Tampoco ve las campanillas azules, aunque sabe que están ahí, igual que el terraplén. El cielo sigue siendo el mismo. Limpio cielo luminoso de su calle. De la otra calle, la olvidada, la que empezó a recordar en la callecita corta de veredas anchas, cuando caminaba buscando un lugar donde comer y el punto más lejano que veía era una mancha verde entre el cielo y una pared, a unas tres cuadras de distancia.

Ferroni sabía que había vivido en Barracas antes de mudarse a Avellaneda porque su padre se lo había dicho, no porque lo recordara. Era muy chico cuando se mudaron; tres años, cuatro, no más. No recordaba la casa ni la calle. Sin embargo, alguna imagen tenía, porque ahora le venía a la mente aquella vez que su padre lo llevó a pasear en el auto de un amigo y pasaron por Barracas y le mostró la casa donde habían vivido antes de ir a Avellaneda. Él andaría por los doce o trece años. Habían terminado las clases y su padre le dijo vení, vamos a dar una vuelta, y él se había sorprendido porque su padre nunca lo invitaba a ningún lugar. Entonces la imagen de la calle le podía venir de aquella vez. Aunque está casi seguro de que en esa oportunidad no miró la calle ni la casa muy detenidamente. Y de dónde le sale esa seguridad, si ya pasó tanto tiempo. Cómo puede saber él que no miró la calle ni la casa con demasiada atención. Sin embargo lo sabe; o cree saberlo. Pero si fue así, si no observó la calle ni la casa deteniéndose en los detalles, ¿de cuándo le viene el recuerdo? ¿De cuando tenía tres o cuatro años? ¿Y por qué no lo recordó antes? Quizá porque nunca se había topado con una callecita como la de ese mediodía, cortada por la mancha verde de las copas de los limoneros y el cielo y la pared.

Ferroni se dijo que era hora de dormir, para eso se había acostado, y estaba fresca la pieza y en silencio.

Todos dormían la siesta. Gente mayor, la de la casa. Ni un chico había. Eso lo aclaró bien con la dueña antes de alquilar la pieza. Sin chicos, por favor, necesito tranquilidad. No se preocupe, acá somos personas mayores, nada más. Los únicos changuitos son mis nietos y ya se han ido; los tuve en casa para la Navidad. Dormir la siesta. Dormir. Ferroni se dijo basta de mirar la mancha verde en el cielorraso, es hora de dormir la siesta. Entonces cerró los ojos y se sorprendió mirando la mancha verde recortada entre el cielo y la pared oscura. Y los volvió a abrir y ahí seguía la mancha verde y el cielo y la pared, y los cerró otra vez y comprendió que la imagen estaba pegada a sus párpados. Entonces ya no los abrió, tenía sueño y decidió dormirse mirando la mancha verde y el cielo y la pared.

—La Matilde se fue para conocer hombres. Si lo sabré yo. Una muchacha decente se queda en su casa.

El sol se mete entre los cerros. Baja cansado y lento y de golpe ya se hundió casi del todo. Sólo queda una mancha roja, allá a lo lejos, arriba del rancho de la Nativa. Cuídese del sol, doña Nativita, que le cae enterito arriba del rancho. Sí, sí, lo veo desde mi casa, lo veo mientras mi abuela habla y habla, pero no la escucho, no. Veo el sol que cae, primero encima del cerro y después más abajo y más, y yo pienso en usted, doña Nativita, y me la veo corriendo con las trenzas prendiéndoseles fuego, mire usted, las trenzas en llamas le veo, ¿y por qué el sol le iba a quemar las trenzas, nada más? Si hay que estar loca para pensar eso; mire si se cayera el sol de verdad, cómo no iba a quemar todo, a usted, el rancho, las tipas, la tierra entera se quemaría, no sólo sus trenzas, doña Nativita. Allá estoy viendo la mancha roja. Ya se ha caído el sol, vea usted. Y ahí se le va a quedar dormido hasta mañana.

—Como si aquí no hubiera buenos changos para casarse… Pero qué le va a importar casarse a la Matilde. Hombres, hombres es lo que quiere. Vaya a saber con quién se metió.

Todo, todo, todo colorado. Coloradote, dice doña Nativita. Coloradota la masa de las empanadas. Coloradote el cielo con el sol clavándose entre los cerros. Pero no dice ají coloradote doña Nativita. Ají colorado, nomás. Ají colorado. Colorado, colorado. Picante colorado. El picante es colorado. ¿Y el ají amarillo, doña Nativita? El ají amarillo es amarillo, pero tiene el picante colorado. Ají amarillo de picante colorado. No, doña Nativita, no me he vuelto opa como la Matilde, que no sabía que en Buenos Aires no hay tamales. Es que el picante siempre es colorado, vea usted. Y el amor también. ¿Acaso el corazón no es colorado? No se me ría, doña Nativita. ¿Por qué no puedo saber yo de qué color es el amor? ¿Y usted sabe? A ver, digamé de qué color es el amor. No, usted no sabe esas cosas. Es muy vieja, usted. Usted sabe de hijos, que es diferente. Y yo no digo que sea menos importante, es diferente, nada más. La Matilde sí que sabe, está pensando usted. Porque yo le conté lo del novio, ¿se acuerda? Cómo no se va a acordar. Usted se acuerda de todo, y eso que es vieja, vieja. Pero no le conté lo del hijo. Y no sé si se lo voy a contar, porque si se lo cuento, usted va a pensar que la Matilde ya sabe todo y que yo soy la única que no sabe nada. A lo mejor no le cuento que la Matilde va a tener una guagua. Y a lo mejor ni falta que hace que le cuente, porque usted ya lo debe saber, doña Nativita. Usted es una bruja que sabe todo y cuando el sol se le cae encima del rancho y le quema las trenzas, lo hace para castigarla porque le da envidia que usted sepa tantas cosas, doña Nativita, tantas cosas que nadie le cuenta y que usted sabe igual.

—En cualquier momento se aparece con un hijo. Si lo sabré yo. Lo que no sé es a quién se lo va a dejar. No creo que Encarnación se lo acepte. Ya está vieja para criar guaguas.

Usted sabe cómo era mi mamá, doña Nativita, porque usted la conoció. Ni una foto guardó mi abuela para que yo la viera. Dice que nunca tuvo fotos de mi mamá, que nunca le hizo sacar ni una sola. Pero es mentira. Yo sé que las rompió todas cuando ella se fue. Mire si no iba a tener una foto aunque más no fuera. Si hasta usted tiene una foto del Pedro cuando iba a la escuela. Qué no iba a tener. Las rompió todas para olvidarse de ella. Pero mi mamita no la dejó que se olvidara. Por eso volvió y me trajo a mí. Guagüita me trajo y me dejó con ella, para que aprenda la vieja perra que una hija no se puede borrar y hacer de cuenta que nunca existió. No, no, no, doña Nativita, me equivoqué, vieja perra no. Vieja zorra, vieja zorra como dice usted. Las perras son buenas, si me acuerdo de la Loba y me pongo a llorar. No quiero pensar en la Loba. La vieja zorra no sabe dónde la enterré. Usted sí sabe, doña Nativita, pero no va a decir nada. Los ojos de la Loba son dos estrellas, ahora. ¿Sabe dónde están, doña Nativita? Allá, encima de su rancho. Créame, pues, que es la pura verdad. Cuando el sol se cae entre los cerros, al rato, nomás, aparecen los ojos de la Loba;

en el mismo lugar, le digo, encimita de su rancho, si desde aquí los veo. Son los ojitos de la Loba, créame, levante la cabeza y mirelós. Allá están, los estoy viendo, bien arriba del cerro, ahora que el sol ya se cayó y ni siquiera queda el reflejo coloradote. Mire, doña Nativita, mire los ojitos de la Loba.

—Las mujeres perdidas que abandonan a sus hijos no merecen el perdón de Dios.

Usted siempre me dijo que mi mamá era buena, doña Nativita. Cuentemé más cosas. Quiero que me diga por qué se fue. Usted no me dice todo, y yo no le voy a contar que la Matilde está esperando un hijo. Y si está viniendo para acá, va a ser para quedarse. Ella no se va a ir otra vez a Buenos Aires. No le va a dejar su hijito a doña Encarna que está vieja y se pasa todo el tiempo rezando el rosario y ya ni oye siquiera, que está más sorda que una tapia. Tapia, tapia, tapia. Una tapia es una pared, doña Nativita. Ya sé que usted sabe que una tapia es una pared, pero a mí me gusta decirlo. Una tapia es una pared. Y se dice así. Más sorda que una tapia. Nadie dice más sorda que una pared. Y doña Encarna no puede criar guaguas. Y al hijito de la Matilde lo voy a cuidar yo. Y ella se va a quedar acá y me va a ayudar con el comedor. Y si no quiere cocinar, que limpie. La Matilde es buena para la limpieza. De la cocina me ocupo yo. Y usted también, porque a lo mejor le termino encargando las empanadas, y los tamales, claro, como siempre. Que si hay que cuidar al hijito de la Matilde, no creo que tenga tiempo de hacer las empanadas. Pero no se lo voy a decir ahora, doña Nativita, eso va a ser cuando venga la Matilde. Y ya sabe por qué no se lo digo ahora. Y a lo mejor se lo digo antes de que venga la Matilde, pero no ahora.

—¿Queda algo que hacer para mañana? ¿Tenés todo listo? Te estoy hablando…

—Ya está todo.

—¿Y por qué no contestás? ¿Qué te tengo que andar repitiendo las cosas?

—Ya le contesté.

...empieza tocándome los tobillos y va subiendo. De a poco sube. Apenas apoya los dedos y los desliza despacio, despacio como una araña; su mano es una araña que sube por mi pierna, por la parte de adentro de mi pierna. Primero una y después la otra. La araña llega hasta arriba después de recorrer entera la primera pierna y vuelve a bajar y empieza de nuevo en el otro tobillo y vuelve a subir lento y me deja esperando, esperando que llegue otra vez hasta arriba y se detenga, pero mientras tanto sube, sube y en ningún momento dejamos de besarnos y los besos son cada vez más lengua y dientes y garganta y sólo quiero que la araña siga subiendo, por eso la llamo con mi otra boca abierta y loca de latidos y calor...

—¿Alguna novedad?

La chica lo miró desde el fondo del local como si sospechara que venía a robarle. Tenía un trapo en una mano y una botella de caña en la otra. Dejó la botella en un estante, junto a las demás y caminó hacia el mostrador. Ahí se quedó, con los brazos apoyados en la madera blanca, gastada de tanto fregarla, con el trapo todavía entre las manos y mirándolo a la cara.

—¿Ya se olvidó de lo que le dije ayer? —le preguntó con fastidio.

—No me olvidé, pero pasaba por acá y me dije ¿por qué no le hago una visita a María?

María. Le dijo María, sin saber que a la chica no le gusta que la llamen así. María es también el nombre de su abuela. Ella es Marita. Casi nadie le dice María y él se lo dijo. María, dijo, porque pensó que al nombrarla se le podría acercar un poco; no más que un poco, lo suficiente como para sentirla menos ácida, menos piedra.

—No hace falta la visita. Venga la otra semana.

—¿Y qué pasa si su amiga se olvida de su cumpleaños? ¿Me va a dar las cartas?

—Ya le dije que no se va a olvidar.

—Supongamos que no se olvida, pero que por cualquier motivo no le puede escribir... ¿Me va a dar las cartas, entonces?

—¿Usted ya se olvidó de lo que le dije ayer? Le dije que esas cartas no sirven para nada.

—Y yo le dije que a mí me pueden servir.

—Tiene razón el señor, María. ¿Por qué no se las das?

La vieja apareció por la puerta de la cocina. Vestida de negro y con un rosario colgando del cuello. Habló sin mirar a la chica de frente, haciendo como que la miraba, pero no; la chica tomó nota. Con el trapo que aún tenía entre las manos, se puso a limpiar el mostrador. Entendió el juego de la vieja. Ferroni esperó el siguiente paso de la que ya consideraba su aliada.

—Te hice una pregunta, María —dijo ahora la vieja, mientras acomodaba en una fila doble los vasos que estaban en un extremo del mostrador.

La chica dejó de limpiar, miró a su abuela de frente, obligándola a devolverle la mirada, y se fue por la misma puerta por la que antes había entrado la vieja. Ferroni vio clara la enemistad entre las dos mujeres y pensó que en algún momento podría sacarle partido.

La puerta de la cocina quedaba siempre abierta. Por ahí solía escuchar la abuela las conversaciones que le interesaban. Por ahí escuchó Marita lo que hablaban su abuela y el porteño.

—¿Sabe qué pasa, señora? —dijo él, acercándose al mostrador, donde ahora era la vieja quien apoyaba los brazos—. La chica no aparece por ningún lado y el hermano está muy preocupado; es como si se la hubiera tragado la tierra. Y el único rastro que tenemos, si se lo puede llamar rastro, es la carta de... ¿su hija...?

—No, no. Mi nieta.

—Ah... perdón. Como se la ve tan buena moza... No me imaginé... Bueno, su nieta, entonces. Como le decía, encontramos una carta de su nieta en la casa de la chica, de Matilde, Matilde Trigo se llama. Y por eso me vine hasta acá, a ver si su nieta me daba una manito, si sabía algo, cualquier cosa como para seguir adelante... Pero ya ve, no colabora.

—Usted quiere las cartas...

—Claro. Se las pedí a su nieta porque ahí tiene que haber algo, algún dato que nos permita saber dónde está ahora esa pobre chica.

—Yo voy a hablar con María. Ya va a ver cómo colabora. La Matilde es su amiga, así que ella tiene que estar interesada en que aparezca. Venga mañana, señor.

Ferroni salió del bar y Marita reapareció, volviendo a ocupar su lugar detrás del mostrador.

—¿Por qué se mete en lo que no le importa? —dijo, estrujando el trapo con las dos manos.

—¿Y quién te dijo que no me importa lo que pueda pasarle a la Matilde?

—¿Desde cuándo le importa a usted la Matilde, si nunca la quiso?

—Pero ahora la están buscando. Nadie sabe dónde está y hay que ayudar.

—A usted no le interesa ayudar, lo único que quiere es fastidiarme.

—Si el hombre te pide las cartas porque piensa que le van a servir, se las tenés que dar y no se habla más del asunto.

—Eso es cosa mía. Usted no tiene que meterse.

Marita volvió a la estantería del fondo y retomó la limpieza de las botellas. Una mosca salió volando de un estante, revoloteó unos segundos y después enfiló hacia la ventana, buscando refugio en los pliegues de la cortina de cuadritos verdes y blancos.

—Yo sabía que la Matilde iba a terminar mal. Desde que se fue, lo supe. Desde antes. Siempre lo supe. Y te lo dije, María, te lo dije, ésta vuelve con un hijo a cuestas; si ya ha de estar preñada, por eso no aparece. Va a venir cuando le nazca el hijo, para dejárselo a Encarnación. La muy zorra…

—¡Mejor límpiese la boca antes de hablar de la Matilde!

—¿Qué decís, desvergonzada? No te voy a permitir que me hablés así. Conozco muy bien a las mujeres que son como la Matilde. De sobra las conozco. La boca te la tendrías que limpiar vos, malagradecida, antes de hablarme así a mí.

—Usted no sabe nada de la Matilde.

—Sé más de lo que vos creés. Conozco a las mujeres que son como ella. Tu madre era así.

—No hable de mi mamá…

—Tu mamá… ¡Por favor! ¡Tu madre te abandonó! Entendelo de una vez por todas.

—¡Mentira! ¡Usted la echó! Mi mamá se fue porque usted le hizo la vida imposible. ¡Usted quiso que se fuera!

—Seguro que fue Nativa la que te vino con esas historias.

—No la meta a doña Nativa. Yo sé muy bien cómo fueron las cosas entre usted y mi mamá.

—Qué vas a saber vos...

Sabés bastante, Marita. Claro que sabés. Sabés que tu mamá te trajo desde Buenos Aires; porque naciste allá, en el mismo lugar adonde se fue a vivir la Matilde. Sola con vos guagüita se vino tu mamá; vos no tenés padre, nunca tuviste. Y se vino sola con vos a buscar ayuda en la casa de su madre, de esta vieja zorra que no la dejó quedarse con su guagua, que le sacó la guagua y la mandó de vuelta a la calle. Doña Nativa te contó, claro que sí. Cuando la chicha le hace soltar la lengua, hay que ver cómo habla Natividad. Después dice que no, que ella no cuenta nada, que no se mete en la vida de los demás. De a poco te ha ido contando Nativa; de a poco, rezongando, a veces; de un tirón, otras, cuando la chicha le burbujea en la cabeza y le hace abrir la boca más de la cuenta. Vieja zorra, dice doña Nativa, siempre fue una vieja zorra tu abuela. Y tu mama, una zonza, dice y te mira, vieja zorra, zorra.

La pomada mantiene los zapatos en buen estado. No se trata solamente del brillo, sino de la humectación del cuero. Ferroni se detuvo para frotar la capellada de su zapato derecho contra la parte posterior de la pierna izquierda de su pantalón, y se preguntó si sería correcto hablar de la humectación del cuero; pensó que tal vez habría otro término para referirse a los cuidados específicos que requería el cuero para preservar su calidad. También pensó en la posibilidad de comprar un par de zapatillas para dar descanso a sus zapatos. Pero no estaba acostumbrado a usar zapatillas, y si tenía que caminar mucho le hacían doler los pies. Y estaba caminando mucho, aunque no sabía exactamente por qué. En un pueblo de morondanga como ése no había mucho que hacer. Su trabajo era bastante liviano; sabía dónde estaba la chica, sólo tenía que vigilarla un poco y esperar la carta que supuestamente Matilde Trigo le iba a mandar para su cumpleaños. Y si no era así, ya vería cómo se las arreglaba para conseguir las otras cartas. Nada complicado. Trabajo sencillo.

Ferroni terminó de limpiar la capellada de su zapato derecho en la pierna izquierda del pantalón y pasó a limpiar la capellada del zapato izquierdo en la pierna derecha, entonces volvió al pensamiento anterior, ése que había dejado de lado cuando pensó pueblo de morondanga. ¿Por qué caminaba tanto? ¿Era necesario ir de un lado para otro, recorriendo calle por calle de ese pueblo —estuvo a punto de formar en su pensamiento la misma expresión utilizada segundos antes para adjetivar pueblo, o sea, de morondanga, pero la descartó ni bien empezó a tomar forma de su boca para adentro— ¿de mierda? No, no es el caso, o a lo mejor sí y es un pueblo de mierda y nada más. Entonces, ¿para qué recorrerlo? ¿Para qué caminar por esas callecitas, de tierra en su mayoría, o empedradas con las piedras del río? ¿Para qué, si él simplemente detestaba todo eso, la tierra, las piedras, los pueblos, la gente estúpida de los estúpidos pueblos? Para qué, y ahí estaba, caminando por una calle donde la tierra le blanqueaba los zapatos y al menor soplo de viento se le metía en los ojos y las orejas y la nariz. Y además estaba el sol, que lo hacía transpirar y ensuciar los dos pañuelos que llevaba en los bolsillos del pantalón, porque ya había comprobado que con uno solo no alcanzaba.

El sol, el calor, la transpiración, los pañuelos que se ponían grises de tanto secarse la cara y el cuello. Lo único que a Ferroni le parecía reconfortante era la sombra de las veredas. A diferencia de Buenos Aires, donde hacía tanto calor en la vereda del sol como en la de la sombra, en estas veredas sombreadas uno encontraba fresco de verdad. Las veredas de sombra eran frescas. Uno cruzaba de la vereda del sol a la de la sombra y palpaba la diferencia. Eso en Buenos Aires no pasaba, y Ferroni lo sintió como un consuelo. También lo consolaba que a la noche refrescara y que a la hora de la siesta se pudiera dormir sin necesidad de prender el ventilador. Pero qué estúpido era consolarse con esas cosas tan estúpidas, cuando uno no hacía más que dar dos pasos y los zapatos se le ponían blancos de tierra, y el pañuelo gris ni bien uno se limpiaba el sudor de la cara y el cuello.

María Valdivieso mira con sus ojos de piedra. María Valdivieso lastima con sus ojos de piedra los ojos de la gente que la mira, de la gente que mira sus ojos de piedra. Pero los ojos de Ferroni, no. María Valdivieso no lastima los ojos de Ferroni, porque Ferroni es fuerte y puede lastimarla a ella en cualquier momento. Pero no. Todavía no. Ferroni va a esperar a que la amiga le mande la carta para su cumpleaños. La chica dijo que su amiga jamás olvidaría su cumpleaños. Y Ferroni supo que era cierto. Los ojos de piedra de la chica le dijeron que no mentía. ¿Y cómo puede ser que los ojos de piedra digan algo? Sin embargo, dijeron la Matilde no se olvida de mi cumpleaños y él supo que era cierto. Pero si la amiga no le escribe, él le va a pedir las cartas. Una vez sola se las pedirá. Y más vale que se las dé. Si sabe lo que le conviene se las va a dar. También estaba la abuela, que se había mostrado tan dispuesta a colaborar. Quedó bien claro que se llevan para la mierda. La semana que viene, dijo la chica y lo sacó vendiendo almanaques. Y él la dejó hacer porque se tomaba su tiempo. La semana que viene, y más vale que se porte bien porque no sabe lo que le espera.

Ferroni murmuró no sabe lo que le espera y se dio cuenta, por segunda vez, que no había respondido la pregunta que se había hecho cuando se limpiaba los zapatos en el pantalón. ¿Por qué caminaba tanto? ¿Esperaba encontrar algo? ¿Qué podía encontrar entre las piedras y la tierra? Y con ese sol... Ferroni dobló en una esquina sin ochava y en ese mismo instante tomó conciencia de que ninguna esquina tenía ochava. Ninguna de las esquinas de ese pueblo de morondanga, que bien podría ser un pueblo de mierda, tenía ochava. Ferroni dobló y se sorprendió al encontrarse ante una calle de veredas anchas, con árboles y casas de paredes altas por encima de las cuales desbordaban las enredaderas. Se paró debajo de un árbol y se quedó mirando el fondo de la calle —unas tres cuadras más adelante— donde una mancha verde latía tenuemente sobre una mancha blanca, quieta y luminosa.

Olor a ceniza; humo y ceniza. Primero a leña, después humo y ceniza. A la mañana temprano el rancho huele a leña, a yuyos, al aire fresco que entra por la ventana y la puerta y las grietas de las paredes. Eso, en verano, porque en invierno Natividad Ugarte cubre las paredes de su rancho con los ponchos que tejió en su juventud; pesados ponchos que resguardan sus huesos del frío y despliegan ante sus ojos escenas del pasado, que han quedado escondidas en la trama, adheridas a los hilos y pegadas en los colores.

En el pullo colorado están los ojos del Pedro guagüita mirando a su madre, la boca pegada a la teta, la manito redonda y oscura garabateando en el aire; el Pedro colgado de su madre, en el mercado, donde Natividad Ugarte cocinaba sus picantes y era la chola que más vendía, si hasta cola se formaba detrás de su fogón los días de fiesta. El Pedro siempre con ella, envuelto en el pullo colorado que alcanzaba para abrigar a los dos cuando el viento soplaba fuerte y había que dejar el mercado porque ya era noche y caminar hasta el rancho, ahora con el Pedro pegado a la espalda, dándole calor a sus huesos. El pullo colorado los tapaba a los dos y se le quedó la cara del Pedro guagua metida en la trama, y las manos, pero más los ojitos.

Y allá está el poncho del color de la borra del vino, con sus franjas amarillas, y ahí está el Pedro changuito camino a la escuela, saltando entre las franjas amarillas con su guardapolvo blanco, porque el Pedro aprendió a leer y escribir, y aunque Natividad Ugarte no sepa ninguna de esas cosas, su hijo sí sabe, y sabe muy bien, por eso le manda tan bonitas cartas desde Buenos Aires. El Pedro changuito se envolvía en el poncho del color de la borra del vino las mañanas frías, cuando salía con su madre del rancho, los dos solitos; ella, al mercado; él, a la escuela. Y después, cuando el maestro terminaba con la clase del día y despachaba a los changos, cada uno para su casa, el Pedro se iba al mercado, a buscarla a ella, a tomar con ella el plato de sopa, con su papa y su choclo y el trozo de carne, porque a su hijo nunca le faltó un plato de comida. Más tarde, cuando el sol se metía entre los cerros y otra vez bajaba el frío desde el cielo para clavarse en los huesos y había que volver al rancho, el Pedro se envolvía en su poncho del color de la borra del vino, cargaba las ollas vacías y caminaba junto a su madre, mirando las piedras del camino y abriendo grande la boca en cada bostezo. Ahí está el Pedro bostezando, en la esquina del poncho, si parece que caminara dormido. Pero ya se despertó, y de un salto se ha colgado de los flecos del poncho de vicuña; allá va, con la bolsa al hombro cargada de manzanilla, vea, mama, cuánto le junté, y da vuelta la bolsa sobre la mesa, ahora la ayudo a hacer los ramitos, pero cúbrase con el poncho, mama, que está haciendo frío, y el Pedro traía el poncho de vicuña y se lo ponía a su madre sobre los hombros y se sentaba junto a ella y entre los dos ataban los manojos de manzanilla que después colgaban de las vigas del techo para que las florcitas se secaran.

Natividad Ugarte metió a su hijo en la trama de sus ponchos, mucho antes de que al Pedro se le ocurriera irse a vivir a Buenos Aires. Lo hizo cuando se dio cuenta de que el Pedro ya era un hombre. Tal vez fue aquel día que lo vio hablando con la hija de su comadre y notó un brillo nuevo en los ojos del chango y cierto movimiento de los hombros y la cabeza y una risita tonta que no le conocía, o quizás esa noche en que además de cargar las ollas, a la vuelta del mercado, también cargó las gallinas y la bolsa con las papas que Natividad había llevado de más porque era martes de Carnaval y a lo mejor el picante no alcanzaba y había que aumentarlo un poco. No importa el momento exacto en que sucedió. Importa que un día Natividad Ugarte supo que su hijo ya era un hombre y que había llegado el momento en que debía empezar a despegarse de él, porque el Pedro se iría lejos a hacer su vida; el Pedro había ido a la escuela, sabía leer y escribir y se iría lejos y ella lo supo. Lo supo como se saben las cosas importantes de la vida, de golpe, de una vez. Entonces lo hizo: metió al Pedro guagua y al Pedro changuito adentro mismo de sus ponchos y ahí los tiene a los dos para verlos hasta cansarse, lo cual es una manera de decir, porque no se cansa nunca.

Ahora es verano y Natividad Ugarte no cuelga los ponchos en las paredes, pero igual los tiene a mano porque a la noche refresca o a la madrugada, para ponérselos sobre los hombros o encima de la cama o envolverse las piernas cuando está sentada, desgranando el maíz que habrá de moler al día siguiente para hacer las humitas. Natividad Ugarte no se separa de sus ponchos porque en ellos ha metido al Pedro; en la urdimbre misma lo ha metido. Mezcló con la lana la pura fibra del Pedro su hijo y ahí lo tiene enterito, como quien dice.

El sol se ha ido a enterrar en lo hondo de las tipas florecidas. Tanta flor amarilla desbordada de sol. Tanto amarillo entre el verde de las hojas y en el verde del pasto. Suelo amarillo de tanta flor pequeñita que se cae al menor manotazo que el viento da. Temblor de hojas y flores en la tarde tibia y olorosa a humo. Porque la tarde huele a humo en el rancho de Natividad. Y a ceniza.

Tantas veces dijo lo mismo, que ya no importa de quién lo dijo, si de la Matilde o de tu madre. A veces la escuchás; otras, no. Quisieras no escucharla nunca, pero ahí está la retahíla, los murmullos o la voz en alto, las palabras entrecortadas, las frases completas o a medio hilvanar. Ahí está siempre, señalando el camino que se debe seguir. El norte, la brújula. Tu abuela María, la madre de tu madre. La mujer que echó a su hija. No es necesario que Natividad te lo confirme. Ya te lo ha dicho: tu abuela echó a tu madre. Sabés muy bien que no hace falta que le sigas preguntando; además, lo dijo cuando no se lo preguntaste. Cuántas veces, hablando de otros temas, ella dejó escapar un no quería irse, la Isabel no quería, ella la obligó, y si le insistías para que te repitiera, te contestaba que el tiempo se estaba poniendo fresco o que tenía que moler el maíz o freír el ají o amasar el pan. Tuviste que aprender a no preguntar, a quedarte calladita y quieta, como si no estuvieras ahí, esperando que largara una palabra más, una frase, aunque fuera confusa, que te permitiera ir armando de a retazos la verdad. Qué entrañas hay que tener para dejar a un hijo, escupió, otra vez, mientras juntaba unas ramas secas para encender el fuego. Vos estabas moliendo el ají, habías ido a darle una mano; era por Navidad y tenías muchos encargos de picantes y empanadas; Nativa te ayudaba con los platos y vos te hacías una corridita hasta su rancho para ver en qué podías colaborar. Entonces levantaste apenas la cabeza, pero no dejaste de moler, seguiste con el tacatacatac de la piedra sobre la piedra para que Nativa no se diera cuenta de que estabas parando la oreja. Tacatacatac... qué entrañas, tacatacatac... obligarla, pues, tacatacatac... separarla de su hijita, tacatacatac... se tendría que haber quedado tacatacatac, tacatacatac, taca-taca-tac... No habló más Nativa; ni una palabra, ni un sonido siquiera, nada. Y vos preguntaste, pero qué te iba a contestar. Con la boca cerrada se quedó. El sol estaba cayendo encima del rancho y las tipas, y ella cerró la boca y así la dejó. Vos esperaste a que el sol bajara del todo, y cuando no quedó más que un resplandor en el pasto encendiendo las flores caídas de las tipas, ahí preguntaste qué, doña Nativita, de quién habla, cuentemé. Y ella, qué te anda pasando, Marita, desde cuándo hablás sola. Que no hablo sola, doña Nativita, era usted la que hablaba. ¿Yo, m'hija? ¿Qué estás diciendo? Dejate de zonceras, ¿querés? No son zonceras, doña Nativita, digo que usted habló. Que no, m'hija, que no. Y sólo quedó el tacatacatac de la piedra de moler, y después el croar del sapo viejo cuando salió de su escondite debajo de la pila de leña. Nunca más preguntaste nada, al contrario, cuando están solas Nativa y vos y el silencio las va ganando, es como si te achicaras, como si te fueras un poco, como si agregaras silencio y ausencia para que Nativa suelte la lengua, y si lo hace, te achicás más, te convertís en otra piedra entre las piedras y la dejás que se suelte y vaya largando las palabras, pobrecita la Isabel... Yo le dije a la María, es tu hija... Que sc quede con vos, pues, y con la guagua...

Pero ya hace tiempo que no se le suelta la lengua a Nativa y pensás que anda preocupada por algo, por el Pedro, quizás, aunque no, si en las cartas dice que está bien, siempre con ganas de volver, pero bien, nomás; no es por el Pedro que anda preocupada Nativa. Aunque a lo mejor son ideas tuyas y no anda preocupada por nada; a lo mejor no habla porque no tiene ganas, o quién dice que tal vez se le dé por largar sus frases y sus palabras cuando está sola y entonces cómo te vas a enterar si anda hablando o no. Y qué más te puede decir Natividad, después de todo, si ya le oíste lo más importante, que tu madre se fue y te dejó porque tu abuela la obligó a irse sin vos. Pero se podría haber quedado, te decís, y tenés razón, o se podría haber ido, pero con vos; qué entrañas hay que tener. ¿Habrá vuelto alguna vez? ¿Se te habrá acercado sin que vos lo supieras? Eso no lo debe saber ni doña Nativa, siquiera. ¿Y tu abuela? ¿Qué más sabe tu abuela que nunca te ha dicho? Todo. Ella sabe todo y lo calla. Nunca te lo dirá. Te abandonó, suele decir. Se fue a Buenos Aires a buscar hombres y después se apareció con vos y te dejó; eso dice. Nunca te va a decir tu madre se fue porque estaba aburrida de lo que conocía y quería saber cómo era la vida más allá de estos cerros, igual que la Matilde. Nunca te va a decir tu mamá volvió con una hija guagüita porque tenía miedo de criarla sola, allá en la ciudad, en esa ciudad tan grande que nunca es buena del todo para el que llega de lejos, entonces se apareció un día, no te lo va a decir, pensando que su madre se habría ablandado un poco en su ausencia y se ablandaría más al ver a la nieta y le diría qué suerte que has venido, m'hija, dame esa guagua, pero miren qué alhajita, y vas a ver qué bien la criamos entre las dos. Tu madre no escuchó esas palabras de su madre; escuchó andate y no vuelvas más, y a la guagua me la dejás, que yo la voy a criar como Dios manda. Vos andate, andate, andate. Sos una perdida. Volvé a Buenos Aires a revolcarte con los hombres, que eso es lo que te gusta. Y olvidate de tu hija. Y tu madre se fue y ahora doña Nativita dice qué entrañas hay que tener para dejar a un hijo, ¿o habrá dicho qué entrañas hay que tener para echar a un hijo? Si más que decir lo murmuró, masticó las palabras junto con las hojas de coca, como hace cuando habla sola; y no le podés preguntar, si ya sabés que te va a decir que ella no dijo nada. ¿Quién te puede asegurar, Marita, que dijo dejar y no echar? Vas a tener que parar mejor la oreja; ella nunca te va a repetir lo que dice porque no sabe que está hablando. Cuando Natividad Ugarte se pone a murmurar se despega un poco de la tierra, es como si se levantara apenitas en el aire, lo suficiente como para sacarse de encima tanta realidad; entonces entreabre los labios; apenas una raya oscura entre labio y labio y por ahí van saliendo las palabras, finas como los hilos de seda que a veces se entrelazan en la trama de algunos ponchos y que después, cuando el poncho ya está tejido, ni se notan, sólo que si se los pone de una manera determinada a la luz del sol, uno les ve un brillo que corre como arañita por la trama y eso es el hilo de seda, que para eso está, para que brille como salpicadura, pero sin que se sepa el cómo ni tampoco el porqué. Los murmullos de doña Nativa —murmuraciones, rumoreos, rumia de palabras— son gotas de luz que te escupe de a poco, que te viborean en las orejas y se te meten adentro para iluminarte. Pero sin preguntas, porque esas palabras que se le escapan por la raya fina y oscura que hay entre sus labios son como los hilos de seda que se resbalan entre los dedos cuando uno los quiere agarrar.

—¿A qué ha venido?

—A saludarla. Y a tomar una cervecita, también. Está haciendo calor.

La chica no contestó. Sacó una cerveza de la heladera y la puso en la bandeja de garras de león; levantó un vaso del mostrador —de los que estaban boca abajo, siempre recién lavados—, lo acomodó junto a la botella y caminó hacia la mesa, con la bandeja apenas apoyada en su cintura y apretando fuertemente las garras de león.

—Qué lindas manos —dijo Ferroni, mientras paseaba su mirada por cada uno de los dedos de la chica.

Los cinco dedos de la mano izquierda sujetaban la botella. Los cinco dedos de la mano derecha presionaban el abridor sobre la tapita de la cerveza.

La chica miró sus manos y no las vio tan feas como las pensaba antes de que alguien —él— le dijera que eran lindas. Sus huesudos dedos de uñas cortas no tenían por qué ser desagradables; su piel curtida a fuerza de sol y viento, jabón amarillo y lejía, tampoco. Ella, que siempre había admirado las manos delicadas de Matilde Trigo, con sus uñas pintadas de rosa nacarado, sintió, ahora, que sus manos se parecían a las de su amiga. Pero no. ¿Por qué creerle al porteño? Qué iban a ser lindas sus manos, si hasta un callo por la escoba tenía. No, al porteño no le gustaban sus manos. Sólo quería ablandarla un poco para volver a insistir con las cartas. María Valdivieso no es tonta. Qué iba a venir de tan lejos el porteño nada más que a ver lindas manos. Y las suyas, tan luego.

La chica metió la tapita y el abridor en el bolsillo de su delantal y sirvió la cerveza. Empezó a crecer la espuma. Su mano aferrada al vidrio helado de la botella. María Valdivieso recordó los sabañones; los dedos hinchados, la piel tirante, roja, violeta; la picazón, el ardor, las grietas sangrantes. ¿Diez años tenía? ¿Once? Iba a la escuela, todavía. Al Pedro los sabañones le salían en las orejas. Coloradas se le ponían, pero sin lastimaduras. La Matilde, no; nunca. Suave, su piel. Rosa nacarado, las uñas. Brillo liso y rosado de sus uñas pintadas. La espuma de la cerveza tiene sus brillos también, pero es rugosa y brilla en puro blanco, nomás. La espuma se inmovilizó en el borde del vaso. Ahora es apenas una cresta de algodón.

—¿Cómo hace usted sola para atender todo esto? —preguntó Ferroni, abarcando el local, de un extremo al otro, con un ademán de su mano derecha.

—Me ayuda mi abuela —respondió la chica, y apartó la mirada de la espuma de la cerveza para fijarla en sus propias manos, que volvían a aferrarse a las garras de león de la bandeja de madera.

—¿Por qué no se sienta y charlamos un poco? —propuso Ferroni, señalando una de las sillas de paja que estaban junto a su mesa.

—Estoy trabajando.

Lo dijo en voz baja, pero firme, segura. Lo dijo y se fue. Volvió a su lugar, detrás del mostrador, donde una pila de platos y cubiertos limpios la esperaban para que los guardara.

Ferroni no insistió. La chica no le interesaba; salvo, claro, por las cartas o por cualquier cosa que tuviera relación con Matilde Trigo, pero la chica en sí, no. La chica, tal como la veía ahora que se alejaba con la bandeja, no valía nada. Un cuerpo magro, liso, con las nalgas hundidas debajo de una pollera demasiado negra, demasiado larga, demasiado triste para alguien tan joven, ¿joven?; joven disfrazada de vieja, podría ser; con actitud de vieja, con gestos de vieja y postura de vieja. No, sin las cartas la chica no le interesaba. Ferroni terminó la cerveza y miró hacia el mostrador para preguntarle cuánto le debía. Ahí estaba ella con su cara hosca guardando cubiertos y platos, hundida en esa atmósfera extraña donde alternaban el silencio y los murmullos de la loza, el tintinear de cucharas y tenedores, el zumbido del motor de la heladera y uno que otro maullido soñoliento del gato. La chica era el centro, dirigía una pequeña orquesta y Ferroni no quiso interrumpirla. No preguntó nada. Sabía muy bien cuánto debía pagar. Dejó el dinero sobre la mesa y salió.

Afuera hacía demasiado calor. Apenas se fue del bar, se arrepintió. ¿Por qué no se había quedado? Se estaba bien adentro; el lugar era fresco. Y a pesar de que la calle era de tierra, el local estaba limpio y las baldosas del piso brillaban como si las hubieran lustrado con cera. Se podría haber quedado. Ferroni pensó que se podría haber quedado, que podría haber pedido otra cerveza, y más tarde el almuerzo. Sin embargo se fue. Salió a la calle y al calor. Antes de cruzar, se dio vuelta y miró a través de la ventana: la chica limpiaba el mostrador con el trapo rejilla. Se dijo que tendría que tener paciencia. Si la chica no recibía una carta de su amiga para el cumpleaños, se las iba a tener que ingeniar para conseguir las otras cartas. Y las iba a conseguir, de eso estaba seguro. Una semana había dicho la chica. En un pueblo como ése, una semana era una eternidad. ¿Qué hacer durante la espera? ¿Adónde ir?

Como si de golpe se le hubiera ocurrido la única respuesta posible, apuró el paso hasta llegar a la esquina: allí se acababa la calle de tierra y comenzaba el empedrado. Ferroni se detuvo junto a la pared, miró sus zapatos y los limpió en su pantalón azul oscuro; primero uno y después el otro: levantó el pie derecho, lo llevó hacia atrás, refregó la capellada contra la pantorrilla izquierda, apoyó el pie en el suelo; levantó el pie izquierdo, lo llevó hacia atrás, refregó la capellada contra la pierna derecha del pantalón y finalmente apoyó el pie en el suelo y empezó a caminar sin ningún rumbo. Cada vez hacía más calor. El mismo fastidio que le producía la tierra adherida a sus zapatos se lo provocaba el sudor que le corría por la frente y el cuello; le disgustaba que su pañuelo se pusiera gris de tanto frotárselo contra la piel. ¿Por qué le transpiraba tanto la cabeza? No le pasaba lo mismo con el resto del cuerpo. La cabeza parecía ser su parte más sensible a la transpiración. La cabeza y la cara. Muy molesto. Desagradable. No le pasaba lo mismo con las axilas. Usaba desodorante por hábito, pero jamás tenía mal olor ni mojaba la camisa, incluso los días de más calor. Ferroni pensó que si no caminara, no se le ensuciarían los zapatos ni el pañuelo. Pero qué otra cosa podría hacer; quizá ninguna más que caminar y buscar la callecita de los frentes con enredaderas, la de la pared al fondo con follaje de limoneros; la que lo llevaba, porque sí, a una calle de Barracas, más de treinta años atrás.

Ahí estaba. Ferroni encontró la callecita sin buscarla demasiado; simplemente caminó hacia ella, dejándose llevar por su buen sentido de la orientación. Piedras parejas, suavemente redondeadas; la calle era más ancha que las otras, un poco más. Las veredas de baldosones lustrosos, de color gris azulado, en cambio, bastante más que el resto de las veredas, de por sí angostas. Esos baldosones no los había visto en ninguna de las veredas del pueblo, pero sí en la otra, la de Barracas. Ferroni se preguntó si esa calle no sería un espejismo. Sabía que no. La pregunta era tonta; se la formuló como un juego. Le gustó preguntarse, ¿será un espejismo? Esta calle, estas veredas, las salpicaduras de sol, las tapias rematadas por hileras de tejas y enredaderas que se vuelcan hacia la calle; y el silencio, ese silencio al sol, esa ausencia total de voces humanas, ladridos, zumbidos. Si no era un espejismo, merecía serlo. Ferroni se quedó mirando las puertas. Si alguna se abriera, pensó. Si alguna se abriera, seguramente vería un patio sombreado por una parra y las mismas salpicaduras de sol que manchan la vereda se repetirían en los mosaicos del patio. Y enseguida se preguntó por qué vería eso, o más precisamente, por qué había pensado que vería eso. Ninguna puerta se abrió. Ninguna puerta doble de madera que seguramente daría a un patio sombreado por una parra y salpicado por el sol se abrió. La otra puerta, la de su infancia, volvió a su memoria, a sus ojos, a su mirada, y se superpuso a una de las de aquí, a una de esas puertas dobles de madera, de la calle corta y ancha del pueblo al que él ha venido —de mala gana, mandado por sus superiores— a buscar a una persona, una mujer, una tal Matilde Trigo, la pareja de José Luis Benetti, el huelguista ferroviario, el subversivo. Matilde Trigo lo llevaría hasta él. Hace calor, pero la callecita sombreada es agradable. Las puertas siguen cerradas, igual que la de su infancia, que Ferroni mira con insistente curiosidad, podría decirse con avidez. Ávidamente mira Ferroni lo que allí no está: una puerta de su infancia en Barracas, antes de mudarse a Avellaneda con su padre. Su primera casa, en una calle con adoquines, muy parecida a ésa, y veredas con baldosones grises y lustrosos. Y de golpe, la puerta se abre; apenas se abre: nadie sale, nadie entra. No se sabe quién ni qué la abrió, pero está abierta, algo abierta, un poco, y Ferroni la mira, parado en la calle, junto a un árbol, quieto, inmóvil más que quieto, consciente de que su puerta del pasado debe ser estudiada con cierto detenimiento para sacarle algo. Fascinado, la mira. Ahí está, encima de una puerta real. Es una puerta parásita, sin existencia propia. Hay que ver qué se le puede sacar a una puerta parásita. Ferroni no se hace demasiadas ilusiones, pero la mira fijo, y está tan ansioso por ver qué hay del otro lado que no piensa en nada más, ni siquiera en el sudor que le empezó a brotar en la frente y que requeriría una pasada de pañuelo para que no se expanda hacia abajo y a los costados. No. No piensa en el sudor ni en el pañuelo. Ferroni mira la puerta del pasado, y si alguien lo viera en ese momento, creería que está mirando una de las puertas de la calle ancha y angosta, o sea, una puerta real. Pero no. Él ve la puerta de su casa de Barracas, donde vivió cuando era muy chico, antes de que su madre se fuera y antes de irse él con su padre a vivir a Avellaneda. La puerta es de madera y doble. Una hoja está cerrada; la otra, apenas entreabierta. La que está cerrada es la de la derecha; la derecha de Ferroni, que la está mirando de frente; su derecha. Esa hoja está trabada por un largo pasador de hierro que va desde el marco de la puerta hasta el piso; el pasador de hierro se hunde en un agujero hecho en la piedra misma del umbral. Raramente se abre esa hoja de la puerta. La cerradura está en la otra. Una hoja tiene el pasador; la otra, la cerradura. Ferroni no necesita entrar a la casa para ver la puerta del lado de adentro, que es donde está el pasador; él sabe que el pasador está allí, hundiéndose en la piedra del umbral. La hoja de la izquierda se abre un poco más, pero Ferroni no ve el patio ni la parra, ni las salpicaduras de sol sobre los mosaicos, casi en exacta repetición de las que se ven sobre los baldosones de la vereda. Sólo un hueco de sombra llega hasta sus ojos; apenas algo más que un hilo de sombra; tal vez una cinta de sombra lo suficientemente angosta como para no distinguir diferencias, matices, zonas diluidas de la sombra que por su carácter leve y por contraste con otras zonas más oscuras, permitirían intuir una forma o algún esbozo de forma que a su vez permitiría la configuración de un objeto. Ferroni no ve nada, mejor dicho, ve la sombra. La sombra está ahí, no hay duda. Es sombra de patio y parra. De parra sobre el patio, o de enredadera, o de limonero de copa amplia y espesa de hojas. Pero es una cinta de sombra y todo lo demás, fantasías de su cabeza. La cinta de sombra, esa franja oscura que deja entrever la hoja de la izquierda, apenas abierta y en la cual no se diferencian matices y por lo tanto no permite ver nada, esa cinta de sombra huele. Tiene olor. La sombra huele. Y el olor es en verano y es fresco, es olor de sombra que se mezcla con el olor de las salpicaduras de sol en los mosaicos; pero no, ése es un olor caliente, de sol, y el otro, el de la sombra, es fresco y tiene que ver con los mosaicos del patio mojados por el agua de la manguera con quc su madre regaba las plantas cuando empezaba a caer el sol. ¿Su madre? ¿La que lo abandonó a los tres o cuatro años? ¿Cómo sabe él que su madre regaba las plantas con la manguera cuando caía el sol? ¿Se lo había contado su padre? ¿Y el olor también se lo contó su padre? ¿Cómo se cuenta un olor, ese olor de sombra y mosaico mojado por el agua de la manguera cuando su madre regaba las plantas? ¿Cómo se cuenta un olor, eh? ¿Y por qué su padre le iba a contar un olor o cualquier otra cosa que tuviera que ver con su madre si jamás —jamás— volvió a nombrarla desde el día en que se fue de la casa —la casa de Barracas— para siempre? No. Su padre jamás le habló del olor de la sombra de su patio, el de la casa de Barracas; ese olor estaba en él y ahora, frente a la puerta entreabierta, él —Ferroni, claro— lo traía del pasado, lo sacaba vaya a saber de dónde y lo ponía ahí, en esa casa ajena de Villa del Carmen, pero cercana, ahora, porque se superponía con la otra, la propia y lejana, la de Barracas, donde también había vivido su madre, de la que su padre nunca le habló, o tal vez sí, una vez, para decirle que se había ido y que jamás volvería. O a lo mejor, ni siquiera eso; tal vez le dijo se fue. Nada más. Se fue. Ferroni trató de recordar el momento en que su padre tuvo que haber pronunciado ese se fue, pero no lo consiguió. No recordaba nada de la casa de Barracas ni de los primeros tiempos de la casa de Avellaneda. Sus recuerdos más viejos eran de la primaria: el pupitre de madera, el tintero de loza, la pluma cucharita, el olor del lápiz y la goma de borrar, la nariz puntiaguda de Ribeiro, su compañero de banco de segundo o tercero. Pero más atrás, nada. Antes, nada. Y sin embargo, ahí estaba el olor de la sombra como si lo hubiera acompañado siempre. Ahí estaba el olor de la sombra. La puerta doble de madera, el largo pasador de hierro, los mosaicos del patio, la parra, la sombra de la parra, las salpicaduras de sol en los mosaicos, la manguera, el agua, las plantas, el agua en los mosaicos calientes al sol del verano, el olor de los mosaicos calientes al sol del verano mojados por el agua de la manguera. El olor de la sombra. Su madre en la casa de Barracas regando con la manguera; no la imagen de su madre en la casa de

Barracas regando con la manguera, sino la certidumbre de su madre en la casa de Barracas regando con la manguera, y la sombra, el olor de la sombra. La puerta se cerró con un golpe y la franja de sombra desapareció, y con ella la misma puerta doble de madera, el pasador de hierro, los mosaicos del patio, las salpicaduras de sol, la parra, el agua de la manguera, el olor de la sombra, la certidumbre de su madre regando las plantas.

Ferroni se dio cuenta de que estaba mirando la puerta doble de madera de una casa, en la calle ancha y corta de Villa del Carmen, ese pueblo aburrido al que había llegado pocos días atrás. Sintió el sudor que le brotaba en la cabeza y le chorreaba por el cuello y llegaba a la espalda y le mojaba la camisa. ¿Por qué transpiraba tanto? Sin apartar, todavía, la mirada de la puerta doble de madera, pensó en sus zapatos y los presintió blancos de polvo. Recién entonces dejó de mirar la puerta para mirar sus zapatos y los vio blancos de polvo. Sintió pena por sus zapatos. Sin levantar la vista, llevó el pie derecho hacia la parte posterior de su pierna izquierda y apoyó con firmeza la capellada sobre el pantalón. Una, dos, tres, cuatro veces subió y bajó el pie, siempre ejerciendo la misma presión, en un intento por recuperar el verdadero color de su zapato. Después, sin detenerse demasiado tiempo en la comprobación del resultado, pasó al siguiente zapato: siempre sin levantar la vista, llevó el pie izquierdo hacia la parte posterior de su pierna derecha y lo refregó con firmeza sobre el pantalón una, dos, tres, cuatro veces.

El resultado fue desastroso: los zapatos parecían pegoteados, como si no hubieran estado cubiertos de polvo, sino de una pasta blancuzca, de cierta consistencia, la suficiente como para manchar aún más el cuero una vez que se lo ha frotado contra el pantalón. Un asco y una pena, porque el cuero realmente se deteriora con tanto maltrato. Mejor irse. Mejor volver a su pieza y limpiar los zapatos con un trapo húmedo, dejarlos que se sequen un rato y después lustrarlos a conciencia, varias veces; dos o tres capas de pomada, una lustrada a fondo y a ver cómo quedan. Y si no, empezar de nuevo con una capa de pomada y luego otra, hasta lograr ese brillo saludable que tiene el cuero cuando se lo cuida apropiadamente.

—Quiero probar los tamales. Tráigame uno con la cerveza. Si me gusta, le pido más.

La chica asintió, moviendo apenas la cabeza y se alejó, las manos aferradas a la bandeja de madera. Un tamal y una cerveza; la cerveza, bien helada.

—Así que esto es un tamal. ¿Y cómo hay que comerlo?

—Nada más sáquele la chala.

Ferroni sostuvo el tamal entre el índice y el pulgar de su mano izquierda y empezó a desenvolverlo con la derecha, como si se tratara de una delicada porcelana. Después hundió el tenedor en la masa tibia y blanda y la desgarró, separando junto con la suave pasta de maíz, pequeños trozos de carne guisada, chorreante de jugos y ají. Acercó el tenedor a su boca y lo detuvo un instante en el aire, mientras aspiraba el leve vapor que ascendía hacia sus fosas nasales y le cosquilleaba en el paladar, provocándole un repentino fluir de saliva que le hizo abrir la boca para que su lengua y sus dientes tomaran contacto con la masa tibia y olorosa y rezumante.

—No está mal, ¿eh? Picantito, eso sí. Tráigame uno más, y otra cerveza. Bien fría, por favor.

—¿Por qué no le preguntaste si quería almorzar?
—Vino a probar los tamales.
—¿Y qué? Podía esperar un rato y después almorzar.
—No quiero que se quede. Si se queda una vez, va a venir todos los días.
—¿Y eso está mal, acaso? ¿O pensás que no te va a pagar?
—No me importa si me paga o no me paga. No quiero que venga. ¿Entendió? Y hágame el favor de no preguntar más.

La sopa de verduras es muy buena como primer plato. Siempre piden sopa de verduras. Una vez por semana está bien; dos, también. Más seguido, no. Más seguido se aburrirían. Lo mismo pasa con la sopa de maní. No, peor aún con la sopa de maní, porque es más pesada. Y más trabajosa. La de verduras se deja hacer más fácil. Da gusto ver las verduras limpiecitas y cortadas, el verde de la acelga, el anaranjado de la zanahoria y el zapallo, alguna papita para que haya un poco de blanco por ahí. La cebolla se transparenta; cruda es de una blancura que ilumina, pero ni bien se la cuece, se pone como baba de guagua, y el apio por ahí anda, que también se aclara bastante. El perejil se oscurece; el ajo queda blanco, pero como se corta tan menudo, apenas se ve. Con algún fideíto resulta mejor que con pura verdura, caracoles, moñitos, avemarías. El porteño no se va a quedar para el almuerzo. La Matilde dice que en Buenos Aires la gente no toma sopa. A veces, sí. Muy de vez en cuando, dijo la Matilde; en invierno, nada más, y tampoco todos los días. En verano, ni pensar. El porteño no va a almorzar aquí. Qué va a tomar sopa. Picantitos, dijo, picantitos. Los tamales no son picantitos, son picantes. Picantes, señor, picantes; a ver si habla bien, por favor.

Si la puerta se abre, estarán los goterones de sol desperdigados en el piso. No. Estarán las manchas de sol desparramadas en los mosaicos del patio. Mejor, las manchas de sol. Y mi madre, se dijo Ferroni de los labios para adentro, con una mínima vibración de la lengua. Mi madre también, con las manchas de sol y el agua de la manguera y el olor de la sombra. La puerta se abrió un poco más.

Recostado en la cama, con la espalda apoyada sobre dos almohadas (le dejo una más por las dudas, había dicho la dueña, a veces me piden otra; se la dejo en el ropero), Ferroni fumaba mirando hacia el techo; no el techo, sino hacia, es decir que miraba ese espacio de aire próximo al techo, que no es el techo sino su cercanía, y que a veces permite ver cosas relativas a otro tiempo y otro lugar, siempre lejanas o perdidas, pero ahí, mentirosamente recuperadas en el momento de la evocación, falsamente plasmadas en ese espacio que tras cada pitada de cigarrillo se llena de tenues volutas de humo que dejan ver un poco más profundamente. ¿Ver qué? La puerta que se abre. Al principio estaba cerrada, ahí nomás, unos veinte o treinta centímetros por debajo del techo, borroneada apenas por el humo del cigarrillo, pero entera. Y cerrada. Al principio, claro, porque después se abrió. Ferroni sólo tuvo que expulsar unas cuantas bocanadas de humo, una tras otra, fijar la vista en la puerta (en el aire, veinte o treinta centímetros por debajo del techo) y conseguir un punto de equilibrio con la mirada, que le permitiera lograr cierta autonomía de imagen, la suficiente como para otorgarle —a la imagen— una independencia total, pero fatalmente ilusoria y por eso mismo, dotada de una capacidad plena para conferir movimiento, abrir una puerta, proyectar una escena completa: primero, una puerta cerrada; después, la puerta que se abre y deja ver un hueco de sombra, después se abre un poco más y aparecen las manchas de sol en el piso, y arriba, las hojas de la parra, y enseguida la certidumbre de su madre regando las plantas y el olor de la sombra, pero eso no lo ve, lo sabe; no ve a una mujer regando las macetas del patio con una manguera y regando el limonero (porque a un costado de la puerta hay un limonero que no se ve desde la calle, está a la izquierda de la puerta; él lo sabe, igual que sabe de su madre, igual que sabe del olor de la sombra). Entonces, ¿quiere decir que no sólo está lo que ve, sino que hay otras cosas que van apareciendo en su cabeza, pero que no se proyectan en la imagen? Su madre y el limonero están ahí, a veinte o treinta centímetros del techo, aunque no los vea porque la puerta no termina de abrirse. Pero están y para saberlo tiene que ver la puerta apenas entreabierta. ¿Y todo se reducirá a eso, una puerta entreabierta que le permite tener certezas sobre cosas que no ve? Ferroni juntó los labios y expulsó el humo en una columna larga y fina que llegó hasta la puerta y le borroneó un poco el contorno y oscureció aún más la franja de sombra que quedaba al descubierto. Enseguida lanzó otra bocanada de humo, intentando, estúpidamente, aclarar la imagen; pero lo único que consiguió fue borronearla más, y después ya no fueron necesarias más bocanadas de humo. La puerta se borró por completo y sólo quedó el techo, veinte o treinta centímetros más arriba.

Los ojos de la Loba me llevan derecho a su rancho, doña Nativita. Ya sé que voy siempre de día, pero si alguna vez tengo que ir de noche, me voy a guiar por los ojos de la Loba. Y ya sé también que me conozco el camino de memoria, pero no importa, me gusta saber que la Loba me va a estar mirando desde allá arriba, con sus ojitos luminosos que la gente cree que son estrellas, pero no, fijesé, doña Nativita, que no son estrellas, aunque parezcan, nomás. Y aunquc usted no me crea, porque yo sé que no me cree. Cuántas veces le dije que los ojos de la Loba subieron al cielo y que desde ahí me miran todas las noches, y a usted también, aunque se ría, fijesé. A usted la miran porque usted es buena y me ayudó a enterrarla. Y la Loba lo sabe, aunque estaba muerta. Además, la Loba era vieja, como usted, y las viejas saben todo; por eso, si son viejas buenas, con todo lo que saben hacen muchas cosas buenas, igual que usted, pero si son malas, se dedican a hacer daño, como mi abuela, que a dañina no hay quién le gane. Pero usted, no, por eso los ojos de la Loba se quedaron encima de su rancho, y también por agradecida; la Loba, digo. Sí, doña Nativita, la Loba le agradece que la haya enterrado debajo de una tipa, con tanta flor amarilla mezclada con la tierra. ¿Se acuerda que le caían las flores encima y cuando usted hizo el pozo y la metimos adentro, le quedaron las florcitas prendidas al pelo? ¿Y se acuerda que yo le tiré más flores y que mientras usted la tapaba con la tierra, yo le seguía echando más y más? La Loba era buena como el pan y como el agua y ella la mató. Porque era vieja la mató, porque estaba sorda y casi ciega. ¿Y qué? ¿Había que matarla, por eso? Si yo la cuidaba, si nunca la dejaba sola, si la pobrecita almita de Dios parecía mi sombra, que nunca se apartaba de mi lado. ¿Quién dijo que había que matarla? ¿Quién dijo que a los perros se los mata cuando llegan a viejos? A ella quise matarla, doña Nativita, y no por vieja; por mala, nomás. Yo se lo conté, ¿se acuerda? Quiero matarla, le dije. ¿Para qué?, me dijo usted, dejala que se va a envenenar con su propio veneno. Eso me dijo usted. Nunca me olvidé y desde ese día vivo esperando que se envenene de una vez por todas, y que se muera, que ni una lágrima voy a llorar.

Ferroni se disculpó ante la abuela de la chica. Primero la saludó, después le pidió disculpas por la supuesta ofensa de no haber pasado a saludarla en algún momento, pero como no quería molestar, no se animó. Además, la nieta lo mira con mala cara y él no sabe por qué. Lo único que él quiere es conseguir algo de información para encontrar a Matilde Trigo, que después de todo es la amiga de la nieta, ¿no? Y él no entiende cómo, siendo su amiga, ella, la nieta, desde luego, no quiere colaborar, si es tan poco lo que él le pidió, sólo unas cartas. Seguramente algún dato se podrá sacar de allí. ¿Quién sabe? Si él pudiera leerlas, algo encontraría. Pero la nieta no afloja. Puro capricho, nomás. Capricho de chica malcriada por su abuela, ¿no? Con todos los gustos, sin duda. Claro que ahora las cosas no están como para caprichos. Esto es algo serio. Se trata de la vida de una persona. Una persona que además es amiga de la chica. ¿Por qué no querrá ayudar? ¿A lo mejor se podría contar con la abuela…? Si él consiguiera las cartas, todo se resolvería rápido, sería cuestión de un momento, nada más. Una leída por encima y enseguida sabría si le sirven o no. Y la nieta no tendría por qué saberlo. Sería un secreto entre él y la abuela. ¿Por qué no?, si es por una buena causa. Encontrar a Matilde Trigo, la amiga de la nieta, después de todo. Quién sabe, pobre chica, en qué problemas andará.

Es un buen hombre, se nota. A la María no hay quién la entienda. Las cartas de su amiga, dijo. Arrastrada, tendría que haber dicho. Las cosas que contará en esas cartas. Asquerosidades de mujer perdida que la tienen a la María pensando y dándole vueltas en la cabeza, quién sabe qué manojo de ideas sucias. Matilde Trigo, dijo el porteño. Matilde Trigo, y sonó más importante con el apellido. Como si una no conociera a las Trigo. Matilde Trigo, hija de Azucena Trigo y vaya a saber de quién. Y la Azucena, igualita. Con las dos guaguas se vino de Buenos Aires. Y la ingenua de Felicidad les abrió la puerta de su casa y todavía ayudó a la Azucena a criar a sus hijos. Matilde Trigo, hija de Azucena Trigo, nieta de Felicidad Trigo, mujeres perdidas, mujeres de hombres que las abandonan, mujeres que traen hijos al mundo para que vivan en el pecado, igual que ellas. Las cartas de la Matilde encierran ese pecado y la tonta de la María las guarda para volver a leerlas muchas veces, para ensuciarse cuando le venga en ganas, y ahora que podrían ser de utilidad no las quiere soltar. ¿Dónde estarán? ¿Qué porquerías le cuenta la Matilde que no quiere que el porteño las lea? ¿De verdad habrá algo que ayude a dar con ella?

Si el porteño lo dijo, tendrá sus razones. Vaya a saber, una dirección, el nombre de alguien que pueda aportar algún dato. Matilde Trigo, dijo el porteño, y sonó importante, como si fuera una persona decente. Matilde Trigo. Si en la sangre lo lleva; la hija, la madre, la abuela. Matilde Trigo. ¿Dónde estarán sus cartas? ¿Dónde escondía su nieta las cartas de esa desvergonzada? Imposible buscarlas con ella en la casa. Una que otra vez lo había intentado, pero siempre cuando la María iba por los tamales al rancho de Natividad. Cómo le picaba la curiosidad cada vez que veía a su nieta tan ensimismada con las cartas; tanto leerlas una y otra vez y quedarse junto a la ventana o apoyada en el mostrador, con la mirada perdida y más callada que de costumbre, que ya era mucho decir.

Matilde Trigo, dijo el porteño, y sonó importante. Arrastrada, tendría que haber dicho.

—Una cerveza bien helada. Y un tamal, por favor —pidió Ferroni, mientras se sentaba junto a la mesa de la ventana, sacaba el pañuelo del bolsillo y empezaba a secarse la transpiración de la cara.

—Hoy no hay tamales. Hay empanadas, si quiere.

—Tráigame dos. De carne.

—Todas son de carne —dijo la chica, alejándose de la mesa, sin la menor intención de esperar una respuesta, un comentario o cualquier cosa que a él se le ocurriera decir, un ah, bueno, por ejemplo, que era lo que Ferroni había empezado a articular cuando ella ya le estaba dando la espalda y se alejaba hacia el mostrador.

De verdad era agradable ese bar. Limpio, fresco, un espacio de sombra en medio de tanto sol agobiante. De pronto reparó en el ronroneo del motor de la heladera y lo sintió acorde con la sombra. Se preguntó por qué y no supo responderse. El ronroneo del motor contribuía a la frescura del lugar, se emparentaba con la sombra.

—Aquí tiene —dijo la chica, y le dejó en la mesa un plato con dos empanadas de color dorado rojizo, un vaso y la botella.

No sirvió la cerveza. Dejó la botella en la mesa y se fue. Acodada en el mostrador, la chica perdió la mirada más allá de la ventana. Ferroni probó una empanada.

—Picantitas, ¿eh?

Demasiado sol para caminar; demasiado calor, aun por la vereda de la sombra. Sin embargo, Ferroni quería ver otra vez la callecita corta y ancha de paredes con enredaderas y, sobre todo, la puerta, cualquiera de las puertas dobles de la calle que le permitían conectarse con la otra. Ferroni salió del bar de María Valdivieso con el sabor de las empanadas impregnado en la boca. Ricas, pensaba, pero demasiado picantes. Jugosas, chorreantes, para comer con un plato debajo, de tanto jugo que largan. Caldosas, había dicho la chica; no jugosas, caldosas. Qué jugosas son las empanadas, dijo él cuando pidió dos más y una segunda botella de cerveza. Caldosas, lo corrigió ella. Son caldosas, insistió como si él fuera tarado. Igual que antes, cuando él dijo de carne, que sean de carne, y ella le saltó al vuelo diciendo que todas eran de carne. Todas son de carne, dijo ella. Cómo van a ser todas de carne. Hay empanadas de pollo, de verdura, de jamón y queso. ¿Acaso no se conocen en este pueblo estúpido? Todas son de carne. Y ni siquiera de carne sola son; papas y arvejas les ponen. Él nunca había comido empanadas de carne con papas y arvejas.

Y había que ver la soberbia de la chica. Todas son de carne. Como si él fuera imbécil, como si fuera un pobre analfabeto al que hay que explicarle todo paso a paso. Ella es la imbécil. Vamos a ver qué hace con la soberbia cuando llegue el momento de poner las cartas sobre la mesa. Las cartas sobre la mesa, repitió Ferroni, ahora no sólo con el pensamiento, sino en una especie de chapoteo de palabras, algo así como un chasquido rumoroso. Las cartas sobre la mesa, si de eso se trata. Las cartas. Primero, el cumpleaños, después, las cartas para saber algo de Matilde Trigo, para llegar hasta José Luis Benetti. Las cartas sobre la mesa, volvió a murmurar y sonrió. No, pensó, las cartas sobre la mesa, no; ellos sobre la mesa, y otra vez sonrió por lo que se le acababa de ocurrir. Los dos hijos de puta sobre la mesa en un interrogatorio doble. De golpe se le fue la sonrisa; se acordó de sus zapatos. Desde que salió de la pensión que no los miraba. Sus zapatos lustrados la noche anterior, blancos de polvo. Asquerosamente ásperos, pensó, mientras los limpiaba con el pantalón.

La calle estaba ahí. Cómo no iba a estar. Es una manera de decir. La calle estaba ahí, igual de ancha y corta que antes, idéntica a sí misma, como un cuadro que uno ve todos los días. Siempre igual. Las dos hileras de casas, las paredes con enredaderas colgando hacia afuera, los árboles en las veredas, huyendo en perspectiva hacia el punto final de la mancha verde de los limoneros. El empedrado de la calle, también en fuga hacia el verde final. Las manchas de sol en la sombra de las veredas y la calle. El cielo quieto. El aire perfumado y transparente y esa ausencia de sonidos. Y la puerta, la misma y todas, pero una. Una ahí y otra superpuesta; encima, pero ausente, inexistente, inventada, pensada; en la imaginación de Ferroni, pero ahí, encima de la otra, pegada, creando un espacio tan lejano como su infancia, tan oscuro, tan desconocido y tan suyo, un espacio que sabe propio a medida que lo descubre o lo descubre precisamente porque le pertenece. Y tuvo que venir a ese pueblo estúpido para encontrarlo. ¿Cuántas calles como ésta habrá en otros lugares? Con esas paredes y esas enredaderas y el cielo y el aire y la mancha verde del horizonte y las salpicaduras de sol y el silencio; no, con todo eso no. Ferroni no deja de mirar la puerta, sabe que para abrir la otra debe fijar en ella los ojos y, de a poco, liberarse de las sensaciones que lo fatigan —el calor, el sudor que le brota en el cuero cabelludo y le resbala por la frente, las sienes, el cuello, hasta perderse en algún punto, convertido en fría cosquilla— y olvidarse de todo lo inmediato. Es la única manera de abrir la puerta. El olvido es la llave, pensó Ferroni, y consideró necesario entrecerrar los ojos, aunque quizá no fuera ése un requisito tan importante. Pero igual lo hizo. Entrecerró los ojos, como si le molestara el sol, y la visión se le nubló apenas; entonces la vio. Vio la puerta: ésta y aquélla; aquélla, mejor. La vio entreabierta y olió la sombra. Esta vez le llegó primero el olor. Se sorprendió un poco. Había pensado que primero vería las manchas de sol en los mosaicos del patio. Pero no. Olió la sombra. Y después, sí, después vio las manchas de sol en los mosaicos del patio, y también otras manchas oscuras que nunca había visto y supo que no eran manchas, sino agua, o mejor, manchas de agua. Mamá está regando, dijo, o creyó que decía; tiene que haberlo dicho porque lo escuchó. Mamá está regando las macetas y el agua se escapa por abajo, por ese agujerito que tienen las macetas para que salga el agua que sobra. Ferroni miró fijo las manchas de agua y vio puntos de luz, contornos brillantes, espesor de agua, volumen de agua que crecía escasamente y de golpe se derramaba sobre sí misma en plena expansión de agua que duraba lo que un estallido, nada más, porque enseguida volvía a aquietarse y a crecer en volumen, mínimamente en volumen y en luz —los puntos de luz se estiraban— y enseguida, otra vez la expansión y el titilar de la luz, porque cada vez que la mancha de agua crecía, también crecía la luz. Ahora mamá riega con la manguera, por eso las manchas crecen tanto; la manguera está pinchada y el agua se escapa en un chorro fino como un hilo, largo, pero no tanto porque se abre en la punta, se deshilacha y el agua cae y forma las manchas que crecen rápido y terminan mojando todo el patio y después mamá tiene que pasar el secador de goma para secar el patio, porque si no pisamos el agua y ensuciamos todo. Pisamos y ensuciamos. Nosotros, papá y yo. Mamá no, porque ella riega descalza y cuando termina de pasar el secador se lava los pies en la pileta de la ropa y se los seca con una toalla y se pone las sandalias. Y es verano, siempre es verano en el patio y mamá usa sandalias y vestidos floreados. Mamá usa sandalias y vestidos floreados, dijo, ahora, Ferroni.

Dijo, porque antes lo pensó, y al pensarlo se sorprendió y lo dijo. Lo dijo para entender lo que había pensado. Mamá usa sandalias y vestidos floreados, repitió, y ya no le importó si entendía o no. Mamá usa sandalias y vestidos floreados, y una de las manchas de sol de los mosaicos desapareció, y después otra. Entonces la puerta se abrió un poco más y los manchones de sol que quedaban se fueron borrando uno a uno, hasta desaparecer por completo. Quizá ya era de noche, quizá ya habían pasado algunas horas desde que la madre terminó de regar, porque tampoco se veía agua en los mosaicos. La puerta se abrió un poco más y, como un relámpago, Ferroni vio al chico que corría hacia su madre. Pero a ella no la vio. Sólo sabe que el chico corrió hacia su madre, y hasta sospecha que la abrazó por las piernas y luego ocultó la cabeza en su falda; cree sentir las manos de su madre que le acarician el pelo y las mejillas húmedas (porque el chico está llorando). Ferroni siente el gusto salado de las lágrimas del chico en su boca y sabe que el chico llora, está tan seguro que no le creería a nadie que le dijera lo contrario, ni a su madre siquiera, que ahora le pone una mano debajo del mentón y le levanta la cabeza y le seca las lágrimas con un solo dedo, que se desliza suave desde la comisura interna del ojo hacia afuera, y después lo mismo con el otro ojo, entonces el chico mira a su madre, los ojos de su madre, y descubre que ella también llora. Pero Ferroni no ve el rostro de la madre, sólo ve sus lágrimas. Y esto no lo entiende Ferroni. Nadie podría entenderlo, porque cómo es posible ver las lágrimas de alguien y no verle el rostro. Ferroni entrecerró más los ojos para enfocar mejor la imagen de la madre secándole las lágrimas a su hijo con la yema del dedo, pero sólo consiguió que la imagen empezara a perder nitidez en los contornos, entonces intentó lo contrario, abrió los ojos un poco más. El resultado fue desastroso: la imagen se esfumó, desapareció del todo y, en el mismo instante, Ferroni sintió un chorro de sudor que brotaba de su cabeza y se deslizaba furioso por el cuello y le cosquilleaba en la espalda, y al mismo tiempo, otros chorros más sutiles emergían de su frente y se corrían hacia los costados, para derramarse veloces por las sienes. Ferroni sacó el pañuelo del bolsillo del pantalón y se lo refregó por la frente, las mejillas y el cuello. Después se quedó mirando la puerta cerrada de la casa y la pared y la enredadera y las salpicaduras de sol en la vereda, y miró el empedrado, y más arriba, las copas de los árboles, y más allá, la mancha verde de los limoneros al final de la calle, y se preguntó qué hacía ahí parado como un imbécil, por qué no se iba a la pensión y se tiraba un rato en la cama hasta la hora del almuerzo. Pero mejor no, pensó, porque si se tiraba en la cama, seguro que se quedaba dormido y cuando se despertara ya iba a ser tarde para almorzar y temprano para quedarse levantado. Mejor respetar la hora de la siesta, aunque eso significara caminar hasta la una o sentarse en un banco de la plaza haciendo tiempo para el almuerzo. Después, sí, después ir a la pensión y tirarse en la cama y dormir.

Desde que pensó la frase: poner las cartas sobre la mesa y, de ahí, pasó a la divertida asociación de poner a los dos sobre la mesa para un doble interrogatorio, Ferroni se prometió que el festín sería para él. Alguien tendría que pagarle por su estadía forzada en Villa del Carmen, por los desplantes de la chica fea y estúpida con aires de princesa; por sus pobres zapatos sometidos a la tierra, las piedras, el sol; por el aburrimiento de Villa del Carmen; por el lento transcurrir de los días sin nada que hacer más que esperar una carta de cumpleaños y después qué, después llamar a Buenos Aires con el dato: Matilde Trigo está en, donde sea, aquí, allá; alguien irá a buscarla, a ella y a él, y los pondrán sobre la mesa. Primero, las cartas y la chica fea y estúpida. Después, los dos zurditos. Pero eso sería después y no dependía de él. Otros se encargarían de buscarlos y detenerlos. Su trabajo se limitaba a la sala de interrogatorios, donde no recibía órdenes, donde nadie coartaba su imaginación. Ése era su lugar, el único que le permitía moverse con plena libertad, y a su vez manejarla, controlarla, medirla, administrarla, dosificarla. Su lugar estaba en Buenos Aires, en la sala de interrogatorios, en la oficina de su superior, que quedaba a su cargo todos los mediodías. Ése era su lugar. No le importaba cumplir órdenes y ser apenas un pequeño engranaje de una máquina poderosa, si era eso, precisamente, lo que lo afirmaba en la vida. De ahí que el viaje a ese pueblo perdido de Jujuy no fuera otra cosa que un castigo. ¿Por qué?, había preguntado él. Alguien tiene que ir, le dijo su superior. Te tocó a vos. Mejor dejarlo así. Mejor pensar que le había tocado en suerte y nada más. Mejor olvidarse de que su superior había agregado, alegrate, te va a hacer bien, necesitás cambiar de aire. Él no necesitaba cambiar nada. Se cambia de aire en vacaciones y él se iba a Mar del Plata en marzo. Dos meses de trabajo y después las vacaciones. Faltaba poco. ¿Por qué lo mandaban a ese pueblo de mierda, lleno de tierra y piedras? Y con ese calor asqueroso. Alegrate. Bueno, basta de darle vueltas al asunto. Ya está. Me quedo con alguien tiene que ir, lo demás lo borro. Ferroni murmuró me tocó en suerte, nada más. Entonces recordó que eso mismo ya lo había pensado al llegar a Villa del Carmen y también en Buenos Aires, mientras preparaba el bolso de viaje. Basta de darle vueltas al asunto, había pensado. Basta de buscarle la quinta pata al gato. Me mandan y listo. Porque sí. No, porque sí, no; porque soy eficiente, mejor. Y si soy eficiente en Buenos Aires, también puedo serlo en un pueblo cualquiera. Basta de buscarle la quinta pata al gato, dijo, ahora, y se dio cuenta de que esa frase la había pensado nada más que en Buenos

Aires, no en Villa del Carmen. Ahora la recordaba porque se había puesto a pensar en lo que había pensado en Buenos Aires. Buscarle la quinta pata al gato se dice mucho en Buenos Aires y él lo pensó mientras preparaba el bolso con ropa para cuatro o cinco días, que al final se iban a estirar hasta completar la semana. *María Valdivieso. Parador Las Tunas. Villa del Carmen. Provincia de Jujuy.* Una semana. Faltaban tres o cuatro días para el cumpleaños de la chica, y ése era el plazo para que llegara la carta de Matilde Trigo. Para que supuestamente llegara la carta de Matilde Trigo. Ferroni se preguntaba si realmente habría algo que averiguar, porque a esa altura ya no estaba muy seguro. Los días transcurrían tan despacio, tan idénticos unos a otros que por momentos sentía que todo era inalterable en ese pueblo, que la vida era una simple cuestión de inercia, detenida en un tiempo quieto y siempre igual por los siglos de los siglos. Pero no era éste un pensamiento demasiado explícito. Apenas era una sensación que, por otro lado, Ferroni se cuidaba muy bien de espantar cada vez que aparecía porque, sobre todas las cosas, él era un hombre positivo, acostumbrado a conseguir lo que buscaba y que no mezquinaba esfuerzos con tal de lograr su cometido. Igualmente, el pueblo lo exasperaba y más aún María Valdivieso, con esa personalidad tan acorde con su aspecto físico. La chica era una piedra; magra, lisa, dura, fría, compacta, sin intersticios, sin luz, sin voz. Habrá que romper la piedra, se dijo Ferroni, y le gustó la ocurrencia. Las cartas sobre la mesa, romper la piedra. Le gustó.

La chica dejó la botella de cerveza sobre la mesa y se fue. Ni una mirada, ni una sonrisa, una palabra, un gesto, nada; media vuelta y hacia el mostrador. La chica era flaca y plana por los cuatro costados; mientras se alejaba, Ferroni le miró las piernas. ¿Por qué usará la pollera tan larga?, se preguntó; si se le vieran las rodillas, al menos habría alguna redondez, aunque fuera de hueso, solamente. Las manos le gustaban. Manos finas, dedos largos. La cara no le decía nada, y eso por culpa de los ojos, que eran lo más duro de toda su persona. Eran los ojos los que hacían de piedra a la chica; había cierta fragilidad en ella que desaparecía cuando miraba. Su cuerpo, su andar, sus manos aferrando las garras de león de la bandeja de madera, sujetando la botella de cerveza, colocando el vaso sobre el mantel de hule, el perfil de su cara, todo el conjunto daba sensación de fragilidad, siempre y cuando la chica anduviera de mesa en mesa con la mirada baja o se quedara acodada en el mostrador con la vista clavada más allá de la ventana. Pero si levantaba la cabeza y lo miraba a uno de frente, toda ella se volvía de piedra y uno se daba cuenta que la rigidez le salía de los ojos y que no era posible atravesar esa mirada, simplemente porque ella no lo permitía.

Ferroni miraba a la chica que iba de mesa en mesa con su bandeja de madera, hablando lo indispensable, mirando a los ojos cuando alguien le hacía algún pedido y pensaba que los demás advertían, como él, esa esencia de piedra que le brotaba de los ojos y se le expandía por todo el cuerpo, y comprendió que eso le servía para manejar su negocio, para mantener a raya a tanto hombre que acudía diariamente a su bar; quién se le iba a animar a una mujer tan dura y fría como ésa. Por supuesto que no era su caso; muy lejos estaba él de parecerse a esos hombres silenciosos y oscuros que se acomodaban en grupos de tres o cuatro y pedían un plato de sopa y un segundo, como llamaban al plato principal. Él no tenía nada que ver con esos hombres, que seguramente trabajaban en alguna plantación cercana y hacían un alto para la comida, siendo ése, tal vez, el único momento del día en que les estaba permitida una distracción, y venía a resultar que la tal distracción, aparte de la comida y el vaso de vino, era la chica en cuestión, pura piedra para cualquier posible dentellada. Como para animarse, los hombres. Pero no era él esa clase de hombre. De sobra sabía cómo actuar, llegado el momento. Por ahora sólo debía esperar. Faltaba poco para el cumpleaños de la chica. El cumpleaños y la carta. La carta sobre la mesa y la chica también.

La Loba Lobita duerme en la loma. Al pie de la loma. Al bajar de la loma, o al subir, según para dónde se vaya. Si voy al rancho de doña Nativita, al bajar. Si vuelvo para la casa, al subir. La Loba Lobita se quedó dormida debajo de la tipa y las flores le cayeron encima y la taparon toda para que no se enfriara, que la noche es muy fría al pie de la loma, y el rocío del alba es puro hielo y el pelo largo y negro y suave de mi Lobita, blanco de escarcha quedaría si no fuera por el abrigo de las flores de la tipa, que tanto sol encierran, viera usted, doña Nativita, tan pequeñas las flores y tanta tibieza que dan. Y eso usted lo sabe muy bien, que tiene todas las tipas ahí, tan cerca de su rancho, y tiene el sol, que se le cae encima todas las tardecitas y se le duerme con los rayos enredados en las tipas. Si no va a saber. Justo usted, que es una vieja chismosa; aunque no ande chismeando por ahí, no importa, igual sabe, si cada vez que va la Asunción a buscar tamales, la pone al día con sus cuentos. La Asunción sí que es chismosa de verdad y anda por todo el pueblo llevando y trayendo chismes. La abuela no la quiere nada a la Asunción; qué va a querer mi abuela, es un decir, nomás. Si no quiere a nadie, ni a su hija, y con eso le digo todo. Y otra vez le estoy diciendo cosas que ya sabe, que ni a su hija quiso, eso le dije, y le dije también que ya sé que usted lo sabe. Y ahora que miro por la ventana veo que el sol ya ha empezado a caer, doña Nativita, y dentro de un rato ya estará dormido sobre su rancho y las tipas. Pero no vaya a creer que lo único que estoy haciendo es mirar por la ventana. No, señor, que me he puesto a zurcir; me viera usted con la aguja. Hacía tiempo que no se me daba por las labores; de costura y bordado le hablo, porque el tejido no lo dejé nunca. Salvo en verano, claro, pero espere que venga marzo y va a ver cómo empiezo otra vez, y ahora que la Matilde va a tener una guagua, va a ver toda la ropita que le voy a tejer. Lo primero van a ser unas botitas, y después una manta para la cuna, porque la Matilde va a venir. Si el novio la dejó, qué puede hacer ella sola en Buenos Aires y con un hijo a cuestas; que no ha de ser fácil allá, tanto viajar en tren todos los días, criar solita un hijo y trabajar. Que se ha de venir, claro, si usted misma lo dijo. La Matilde ha de estar viniendo, dijo, y dijo también que a lo mejor ahora estará en algún hospital hasta que nazca su hijito, que en Buenos Aires hay muchos hospitales y que allá las guaguas no nacen en su casa, que para eso están los hospitales y los médicos. Y yo, que todavía no quería contarle lo del hijito, al final se lo conté. Ahora usted ya lo sabe. Bien tranquila puede quedarse, que no me he guardado nada. Y quién le dice que yo también nací en un hospital. Porque yo vine de Buenos Aires, no se olvide. Vea usted, le dije que estaba zurciendo, ¿no?, pero no le dije qué zurcía. Y se lo voy a decir. Estoy zurciendo la cortina de cuadritos verdes y blancos, la de la ventana del frente, ¿se acuerda?, ya sé que hace mucho que no viene por aquí, pero igual se tiene que acordar. Bonita la cortina, a cuadritos, le dije. Pero vea usted que un ocioso me la vino a quemar con un cigarrillo. No crea que es grande la quemadura, pero se nota; se ve el agujero y no me gusta. Por eso aproveché, ahora que no hay gente, y la descolgué para coserla. Y voy a tener tiempo para colgarla antes de que vengan los del ómnibus de la noche. Pero no es del zurcido que quiero hablarle, aunque viera qué bonito me está quedando; yo sé que a usted le gustaría y le voy a decir por qué; primero, porque a mi abuela no le gusta y si a ella no le gusta, a usted, sí. Y después, porque yo sé que usted quiere a las mariposas, y mi zurcido es una mariposa anaranjada; no se me ría, porque le estoy diciendo la verdad. La abuela dice que el zurcido debe ser invisible, que no se tiene que notar. Vendría a ser algo que está y no está, que existe sin que nadie lo vea; entonces, para qué tanto trabajo, digo yo, para qué entrecruzar un hilo con otro, como pura telaraña hasta tapar el agujero, si después nadie ha de verlo. No, doña Nativita, eso no es para mí, y para usted, tampoco, estoy segura. Hilo anaranjado estoy usando. Un zurcido de lo más vistoso me ha salido. Ya le dije, parece mariposa de verano. De verano no le dije, eso lo agrego ahora. Antes dije mariposa, nada más. Pero ahora le digo mariposa de verano, y me gusta cómo suena. Mariposa de verano. Y de cuándo, si no, pensará usted. Si va a haber mariposas en invierno. En primavera, sí. Y en verano. Mi zurcido es mariposa de verano volando sobre el pasto verde y húmedo. Ya lo termino; mejor, así cuelgo la cortina y me voy a la cocina antes de que lleguen los del ómnibus, que no crea que falta tanto, que el zurcido me ha llevado bastante, aunque ha pasado rápido el tiempo y ahora, que levanto la cabeza de la mariposa de verano y miro por la ventana, veo el cielo colorado como el ají y me doy cuenta de golpe que otra vez el sol le ha caído en el rancho, doña Nativita; ya sé que le cae todos los días y sé también que se le queman las trenzas, pero, por favor, que no se quemen las cartas de la Matilde. Cuidemelás, es todo lo que le pido. Ya está lista la mariposa que hará nido en mi ventana. Una zoncera lo del nido, ya lo sé, qué van a anidar las mariposas. Pero me gusta, doña Nativita. Ya está lista la mariposa que hará nido en mi ventana. Pero no era de la mariposa que le quería hablar.

En lo alto de la loma el aire es distinto, y el cielo y hasta los yuyos y las piedras. Y eso es porque estás sola y nunca nadie sube a la loma, ¿para qué?, si no lleva a ninguna parte. Sólo a vos te lleva y nada más que al rancho de Natividad. Y eso porque querés, porque se te da la gana, que si no, harías mucho más rápido si fueras por la quebrada. Qué necesidad, María Valdivieso, de subir la loma y después bajarla, pudiendo hacer un camino más corto. Nadie sube por la loma, claro, por eso subís vos. Si la Martita y Asunción y la Blanca, que también van por los tamales, cruzan por la quebrada, como debe ser, por qué vos no. Qué pregunta. Cabezadura como vos no hay. Seguí por la loma, Marita, seguí con tus trancos largos, que no te cansás, sos joven, seguí, estás sola, podés gritar, podés hablarle a la Loba como si no estuviera muerta y sentarte entre las piedras y mirar el cielo y volver a leer las cartas de la Matilde y llorar de celos y envidia porque ella se enamoró y vos no, porque ella ya sabe lo que es un hombre y vos no. Porque lo único que vos sabés de los hombres es lo que ella te cuenta y nada más, ni un poquito más sabés. Nada sabés. Aunque te imagines lo que es un beso, aunque leas mil veces las cartas de la Matilde y hagas tuya su lengua y la hundas en la boca del José Luis que tu imaginación amasó a su gusto, no, Marita, ni siquiera así sabés lo que es un beso. Corré, nomás, y dejá que la brisa te acaricie la piel, pero ni sueñes siquiera que esa caricia se parece a la de un hombre. Echate entre la manzanilla, pues; huelen bien sus flores y te cosquillean en las piernas, pero, por favor, almita cándida, son otras las cosquillas de las que habla la Matilde.

—¿Y para qué quiere las cartas de la Matilde?

—Dice que a lo mejor encuentra algo que le sirva para saber dónde está.

—¿Y vos qué decís?

—Yo digo que no. Que ahí no va a encontrar nada.

—Entonces es así, nomás. Si vos lo decís, así ha de ser.

—Pero él insiste, por eso le dije que esperara a mi cumpleaños, porque sé que la Matilde me va a escribir. ¿Y si no me escribe? Tengo miedo, doña Nativita. Le tiene que pasar algo grave de verdad para que se olvide de mi cumpleaños.

—Si no recibís ninguna carta, m'hija, ¿le vas a dar las otras al porteño?

—No. No se las voy a dar. No le van a servir de nada.

—Qué te contará la Matilde…

—Cosas de ella me cuenta. Usted ya sabe. Me habla del José Luis y del hijito, pues, que ya ha de faltar poco para que nazca. Son cosas que a los demás no les importan.

—Daselás, entonces, así se deja de molestar el hombre.

—Le dije que no, doña Nativita. Lo que dice la Matilde en sus cartas no le interesa al porteño. No se las voy a dar, ¿me entendió?

—Está bien, m'hija, vos sabés lo que hacés.

La chicha es amarilla, o mejor, dorada. La chicha es dorada como el sol que ahora le cae encima, ahora que doña Nativa se ha puesto a pasarla de la damajuana a la botella y la va echando, despacito, sobre el embudo de lata que también reluce con el sol, pero distinto porque es plateado y el sol le da un brillo blanco, como a las piedras del cerro. La chicha brilla en amarillo, igualito que las flores de la tipa; tiene todo el sol latiéndole adentro, en cada burbuja. Una gota de chicha le cayó en el dedo, doña Nativita; ¿no ve? En el dedo que sostiene el embudo. Es una gota bien gorda que ahora se le resbala por la mano y le llega al brazo y desaparece, pero queda un rastro que le brilla como baba de caracol, porque la chicha es así, tiene el brillo del sol y todo lo que toca se asolea y relumbra, hasta su mano y su brazo que ya tienen bastante sol encima. La damajuana es pesada, por eso me acerco y la ayudo a sostenerla, así usted se dedica más a la botella y al embudo, pero no le digo nada porque usted está mirando fijo el chorro de chicha que cae con sus burbujas reventonas en el embudo y yo sé que cuando mira así de fijo, con la mirada perdida y hundida en las cosas, la lengua se le empieza a soltar, entonces no hablo, y casi no me muevo y no le saco los ojos de la raya fina y oscura de sus labios, por si no me alcanza con los oídos y tengo que usar la vista para leerle algo. Tanto orgullo, para qué, le oigo apenas, doña Nativita, pero le oigo, siga, siga. Tanto orgullo y vean, seca como una rama. Sola. Una burbuja de la chicha reventó en el aire, antes de que el chorro cayera en el embudo y es tanto el silencio y tanta mi atención que puedo oír el estallido de la burbuja. Y cómo puede ser, me pregunto. Cómo puedo oír el estallido de una burbuja en el aire, si eso no lo oye nadie. Y si no es verdad, si no escuché el estallido de la burbuja, si solamente lo inventé, si el sonido estaba en mi cabeza y yo lo puse en la burbuja, entonces a lo mejor también soy yo la que le pone palabras a la raya oscura y fina de su boca, doña Nativita. Todo se paga en la vida, dice ahora. Lo dice, lo dice. Veo que la raya de su boca se mueve, se abre, se divide; ahora son dos rayas y la punta de la lengua se asoma entremedio de las dos y se vuelve a esconder. Vos también has de pagar, María (María no soy yo, claro; yo soy Marita o m'hija o m'hijita). Siempre fue así la María. La vi a tu mama y le dije. Otro chorro de chicha se derrama entre sus dedos y se desliza hacia el brazo. Eso es porque lleno demasiado el embudo, porque dejo que la chicha llegue hasta el borde y suba apenas un poquito más antes de volcarse, que la chicha es espesona y parece que formara un muro alrededor del embudo y da la impresión de que no se va a derramar, que va a seguir subiendo como muro de verdad. Pero no, se derrama sobre su mano, que rodea el embudo con dos dedos como si fuera un collar, un medio collar, digamos, porque no alcanza para dar una vuelta completa; que no, que tendrían que ser muy largos sus dedos, doña Nativita, para darle una vuelta completa al embudo; vea usted, que son cortos sus dedos, y anchos, y ancha es su mano y oscura, más oscura que las mías, que sostienen la damajuana para que usted no se canse con tanto peso y se deje ir un alguito por las nubes, como quien dice, y empiece con los murmullos y siga; como ahora que le oigo tan clarito: le dije que no se fuera, que se viniera conmigo, que te trajera a vos, aquí, a mi rancho, que no le hiciera caso a tu abuela. La chicha sube otra vez hasta el borde del embudo, pero no se derrama. Se detiene ahí, quietita, pues, y enseguida empieza a moverse otra vez, aunque ahora lo hace para abajo, y es brusco el movimiento y ruidoso, chup, chup, chup y el embudo se la tragó, y vuelvo a inclinar más la damajuana, pero apenas, para que caiga poca chicha, porque la botella ya está casi llena y si inclino demasiado la damajuana, va a caer mucha y se va a derramar. Que quede un airecito para el corcho, dice doña Nativita, ya de vuelta de este lado de las cosas, no la llenes más, m'hija, así está bien.

Fuimos a un hotel. En Buenos Aires está lleno de esos hoteles para parejas. Hotel alojamiento, así se llaman. Vieras cómo se llenan. A mí me daba vergüenza, pero el José Luis me dijo que ir a un hotel con la persona que uno quiere es lo más natural del mundo. Otro lugar no tenemos. En la casa está siempre el Luchito, aunque la novia también se queda, pero a mí me da vergüenza que se quede el José Luis; más adelante, no sé, veremos. Y en la casa de él tampoco se puede porque vive con toda la familia. Fuimos el sábado a la noche, después del cine. Subimos por una escalera hasta la habitación y cuando el José Luis abrió la puerta, lo primero que vi fue la cama. Me temblaron las piernas. La cama grande, cubierta con las sábanas, nada más. Te juro que tenía miedo, Marita, miedo y ganas, ganas, ganas…

…claro que es un fuego. Y un temblor, también. Y los latidos abajo, bien abajo. Y adentro. Es como una boca que quiere morder y chupar. Una boca adentro y abajo que se muere de hambre y de sed, que abre y cierra

sus labios pesados y ciegos hasta que él entra y la boca lo muerde y lo aprieta y le saca todo y lo deja vacío. Entonces la boca se calma, ya no tiene hambre ni sed, quiere descansar, dormir, no quiere que la molesten porque sabe que después, en un rato, nomás, volverá a tener hambre y sed y tendrá que empezar otra vez.

Todos los años Natividad Ugarte prepara chicha para el Carnaval. No deja botella sin vender, salvo las que guarda para ella y para su hijo cuando viene de visita. Ahora vendrá en el mes de marzo, se lo ha dicho en la última carta. Y cuando llegue, encontrará la chicha, el dulce de cayote y las uvas, los tamales y el picante de gallina, y todo lo que el Pedro quiera, que para eso está su madre, para atenderlo a cuerpo de rey cada vez que viene a pasar sus vacaciones con ella, que para eso trabaja todo el año, que bien se lo merece, tan buenazo el Pedro y tan trabajador, y cómo le gustaría a ella que se consiguiera una mujer buena y trabajadora como él, y como la Marita, pues, y ojalá fuera la Marita, pero no, que la Marita nunca se va a ir de estos cerros, porque es de aquí, igual que ella. Y cómo le gustaría que el Pedro se viniera de una vez y se quedara para siempre, y entonces, sí, entonces la Marita y él podrían ayuntarse. Pero el Pedro dice que su porvenir está en Buenos Aires y a lo mejor es así, nomás. Y la Marita no se va a ir; no, no se irá. Entonces que sea otra mujer, pero que se parezca a la Marita. ¿Eso le dirá el Pedro en la carta que acaba de recibir? ¿Andará noviando su hijo y acaso le quiere traer a la prometida para que ella la conozca? No esperaba que su hijo le escribiera tan pronto, si no hacía ni una semana de la última carta, cuando le pedía el dulce de cayote y le anunciaba que vendría para marzo. Pero ahora llegaba otra carta y la Marita ya se había ido con sus botellas de chicha y Natividad tendría que aguardar hasta pasado mañana para saber qué le decía el Pedro con esa letra diferente que se veía en el sobre, porque aunque ella no sabía leer, sí sabía reconocer los dibujos que formaban las palabras, y esos dibujos no eran como los de las otras cartas, el Pedro los había cambiado, vaya a saber por qué. Y ella los iba a tener que aprender, como aprendió los otros, de tanto mirar las cartas, de tanto quedarse con los ojos pegados al papel, como si con sólo mirarlas pudiera descifrar su significado (y a lo mejor sí, a lo mejor después de que María Valdivieso leía cada carta, ella buscaba los dibujos de las palabras que recordaba, mama, uvas, marzo, cayote y quizá los encontraba).

Natividad Ugarte miró el sobre detenidamente; sabía que su nombre estaba ahí, que era lo primero que se veía de la carta. Su nombre, Natividad Ugarte, eso decía el sobre; la Marita se lo había dicho. Y el dibujo de Natividad Ugarte que se veía en este sobre era más chico que los anteriores. Que no es dibujo, doña Nativita, le decía siempre la Marita, es la letra, nomás, la pura letra. Con letras se escriben las palabras, no con dibujos. Pero para Natividad eran dibujos y no se discutía, tan dibujos como las guardas de sus ponchos. Y esta vez los dibujos eran más chicos y más apretados. Antes el Pedro le dibujaba un Natividad Ugarte que casi llenaba el sobre de lado a lado, en cambio ahora quedaba un camino ancho y blanco por delante y otro por detrás. Camino ancho, Natividad Ugarte, camino ancho. ¿Andará cansado su hijo? ¿Sin tiempo ni ganas, tal vez, para desparramarse a gusto en el papel y dibujar el nombre de su madre grande y generoso, puro aletear de paloma, siempre a punto de saltar las paredes del sobre, como si solito pudiera andar por los aires y arrastrar él al sobre y no al revés? Seguro que no come nada su hijo, que por eso le ha pedido el dulce de cayote y los tamales, y hasta las uvas. Ya se encargará ella de alimentarlo harto bien cuando venga a pasar sus vacaciones. ¿Pero qué le dirá en la carta que acaba de llegar? Y la Marita que se ha ido y hasta pasado mañana no volverá, y el dibujo de su nombre, tan apretado en el sobre, que de sólo mirarlo le dan ganas de abrir los brazos como alas y estirar las piernas, para un costado y para el otro, a ver si así se le desentumece el nombre y recupera su redondez y su vastedad de cielo.

Esa mañana, Ferroni había terminado de lustrar sus zapatos repitiendo, una y otra vez, ya falta poco. Después, mientras doblaba en cuatro la gamuza que usaba para sacarles brillo y la dejaba sobre la mesita de luz, completó la frase: ya falta poco para dejar este pueblo de mierda. Repitió pueblo de mierda y salió de la habitación.

Afuera hacía más calor de lo que había pensado. La casa era fresca, quizá como cualquier casa; tal vez todas las casas eran frescas en ese pueblo estúpido, simplemente porque de noche bajaba la temperatura y porque no había esa humedad pegajosa que hay en Buenos Aires, que convierte cualquier casa en un infierno, a menos que tenga aire acondicionado, como el despacho de su superior, donde además de la siesta, también dormía de noche cada vez que le tocaba interrogar en el último turno.

Ferroni levantó la vista y miró el sol. Unos tenues pinchazos en los ojos le hicieron bajar los párpados. Un círculo brillante y oscuro quedó latiendo en sus pupilas; cuando el círculo dejó de brillar, abrió los ojos. Venga por la tarde, le había dicho la vieja. Mi nieta no va a estar. Vuelva al atardecer. Ella tiene que ir a buscar chicha para el carnaval. Ya la vamos guardando desde ahora. Se toma mucha chicha en carnaval, dijo la vieja, mientras acariciaba con dos dedos el rosario de cuentas negras que colgaba de su cuello flaco y arrugado. Y de paso me da tiempo para buscar, le había dicho, estando mi nieta acá no puedo hacer nada, me desconfía mucho. Entonces a la tarde. Iba a ser la primera vez que iría de tarde. Ahora, mejor caminar un rato, después almorzar, un poco de siesta y a ver a la vieja.

Ferroni se miró los zapatos. Falta poco, murmuró, y se puso en marcha. El sol lo golpeó fuerte en la cabeza; mejor buscar la sombra, pensó, y enseguida recordó la callecita ancha y corta con sus veredas arboladas. El recuerdo de la calle lo llevó a su encuentro.

La calle era fresca. Si uno se paraba en la sombra, no sentía tanto calor. En Buenos Aires, por más que uno camine por la vereda de la sombra, igual termina asándose. Ferroni conocía el árbol debajo del cual se había parado, aunque no sabía su nombre. En general, salvo una o dos excepciones, ignoraba los nombres de los árboles, lo cual no le preocupaba en absoluto, ya que los árboles y sus nombres estaban totalmente excluidos de su interés más inmediato y no solían despertarle la menor curiosidad. Pero éste le resultaba familiar porque lo había visto en las calles y plazas de Buenos Aires, y lo reconocía, sobre todo, por sus flores amarillas. El árbol estaba frente a una de las casas de puerta doble y paredes con enredaderas.

Ahora Ferroni no mira sus zapatos, opacos por el polvo, y tampoco se seca el sudor de la frente y el cuello, porque la frescura de la sombra del árbol ha sido para él como una zambullida en agua limpia. Cerró apenas los ojos, mirando la puerta doble y la otra puerta se abrió. Ahí estaba su madre. Aunque decir ahí estaba su madre es lo mismo que decir lo contrario, porque Ferroni no la veía. Pero olió la sombra y el agua, más la sombra que el agua, y supo que su madre ya había regado y también que ya había secado el patio y se había lavado los pies en la pileta de la ropa, y se había puesto las sandalias. Ahí estaba el chico, o sea, él, pero tampoco lo veía. El chico ya había llorado y la madre lo había consolado. Recuerda el sabor de las lágrimas, el dedo de su madre rozando sus mejillas; lo recuerda, no lo ve. La puerta se abrió un poco más; Ferroni lo consiguió a fuerza de apretar los párpados para enfocar la visión, sin llegar a juntarlos del todo y correr el riesgo de cerrar la puerta en vez de abrirla. Se abrió lo suficiente como para permitirle percibir el espesor de la sombra y olerla mejor, y comprender, definitivamente, que no era la sombra lo que veía y olía, sino otra cosa más densa y profunda y dulce y quieta. Jazmines, se dijo Ferroni. La sombra huele a jazmines. Pero no es la sombra y no es únicamente el perfume del jazmín. Hay otro olor que llega, humoso y áspero, que no se mezcla con el perfume del jazmín, pero sí se le arrima, anda junto a él, lo persigue, lo alcanza, van a la par, se separan, se vuelven a juntar. Ferroni supo que era el olor de las espirales para ahuyentar a los mosquitos. Vio la espiral con su ojo de luz enganchada en el soporte de latón, vio el humo estirándose perezoso hacia arriba y comprendió que no era la sombra la que olía a humo y jazmín, sino la noche, la pura noche, la bruta noche densa de su infancia. Ahí estaba la noche, en el patio de su casa, con él y su madre, pero no sólo con él y su madre, también estaba el padre. Pero, ¿lo veía? ¿Lo veía, igual que a su madre y a él mismo? Ya se sabe que decir veía es tratar de decir algo que tiene cierto parentesco con la verdad, porque Ferroni no ve a su madre, sabe que está ahí, siente su presencia, ve (y ahora sí, ve, o casi) su vestido floreado y las sandalias. Y lo mismo le sucede con el chico; supo que lloraba, sintió el dedo de su madre secándole las lágrimas. Con el padre es diferente. Ferroni supone que el padre tiene que estar ahí, en el patio, en la noche que acaba de descubrir; es casi una cuestión de lógica, una necesidad, el padre debe estar. Pero no lo ve y tampoco se esfuerza por encontrarlo. Sabe que llegará cuando sea su momento, así como llegó la sombra, el agua, él, la madre, la noche. No hay más que noche en la escasa franja de patio que deja ver la puerta abierta casi a medias. Y la noche le trae un sabor; no a él, al chico, pero a él. El sabor es dulce y no le gusta; pero no le gusta a él, al que espía el patio y la noche por la abertura de la puerta. A él le disgusta ese sabor. Al chico, no lo sabe. Pero tampoco le importa si al chico le disgusta o no, porque es tanto lo que él odia ese sabor, ese olor, que no puede detenerse a pensar si al chico le gusta o le disgusta. Él lo odia, aunque no diferencia entre el odio, el asco, el horror, la furia, el dolor, el miedo o lo que sea que la sangre le provoca. Es sangre, es el gusto de la sangre y su aspecto y su consistencia y su olor —ahora advierte que, sobre todo, su nauseabundo olor— lo que percibe, lo que siente, lo que gusta, lo que toca sin verlo, pero sabiendo que está ahí, en sus manos, en su boca, no en las de él, de Ferroni, del hombre que mira, sino del chico, claro. El chico que es él, aunque no es; por favor. El chico le trajo la sangre, justo a él que es tan cuidadoso, tan detallista; él, que como nadie sabe evitar los derramamientos innecesarios, que jamás aceptó ni aceptará ningún método de interrogación que no sea escrupulosamente limpio, como el agua o la electricidad. Y el chico le traía ese olor repulsivo que se le metía en la boca y la nariz y le humedecía las manos. ¿Qué tenía que ver él con la sangre? ¿Qué tenía que ver el chico? ¿De quién era la sangre? ¿Tal vez se había lastimado y por eso lloraba? Pero había llorado a la tarde y ahora era de noche. ¿El chico había tenido una hemorragia, alguna enfermedad? La puerta se abrió un poco más. Muy poco. Seguía habiendo noche en el patio, sin embargo, una luz débil trazó un pequeño círculo en la oscuridad, y en el círculo, lentamente, se fueron dibujando las manos del chico; eran sus manos y estaban rojas de sangre. Ferroni miraba, sentía, vivía un dolor profundo que sabía era del chico y suyo, pero seguramente más del chico, porque a él lo ganó otra sensación que poco a poco se fue apoderando de su cabeza y su cuerpo. Una náusea honda le nació en el estómago y siguió hacia arriba y rápidamente se materializó en un vómito.

Ferroni vomitó junto al árbol de flores amarillas.

La vieja estúpida no encontró las cartas. La vieja estúpida dijo que revolvió todo y no las encontró. Y que tuvo que acomodar las cosas como estaban porque si no la nieta se iba a dar cuenta, y que ahí, sí, se armaba. ¿Dónde pueden estar las cartas?, había preguntado él. Y la vieja estúpida le dijo que a lo mejor la chica se las había llevado al rancho de la vieja que hace los tamales. ¿Y para qué? Para que nadie las lea, Natividad no sabe leer, dijo la vieja estúpida. Y al rato nomás llegó la chica, cargando dos canastas llenas de botellas y lo miró, más piedra que nunca y él le tuvo que decir que había venido a tomar una cerveza y a saludar y que enseguida se iba. Entonces se sentó junto a la ventana y esperó que la chica le trajera la cerveza y se sintió terriblemente imbécil y humillado. Pero se dijo falta poco, falta poco y se sintió mejor.

Después a él se le ocurrió hacer ese comentario insignificante para entrar en conversación y lo único que consiguió fue soltarle un poco más las riendas. A él se le ocurría cada cosa, también. A la pendeja de mierda no había que decirle nada. Total, para que le contestara como le contestó. Acá no hay montañas, hay cerros, dijo la muy guacha. Así nomás le largó la frase, como un cuchillo se la largó. Buena vista desde esta ventana, había dicho él, mientras la chica dejaba la botella de cerveza y el vaso sobre la mesa. Se ven lindas las montañas. Entonces ella le metió la cuchillada y le estropeó el amague de conversación. Ferroni entendió que podía seguir hablando, pero no en los términos que había imaginado.

Ahora la conversación sería un duelo, y quizá fuera ésa la única manera de poder conversar con la chica. ¿Qué diferencia hay entre un cerro y una montaña?, preguntó entonces. No importa la diferencia, acá hay cerros, no montañas. Lo dijo yéndose, casi de espaldas, y no lo miró ni siquiera después, cuando llegó al mostrador y se puso a limpiar la bandeja con el trapo rejilla. En Córdoba hay sierras, dijo él, mirando a la chica y acariciando el vaso con un dedo, tampoco hay montañas. Pero ella no contestó, terminó de limpiar la bandeja, la dejó a un costado del mostrador y la cubrió con el trapo rejilla, cerciorándose de que quedara bien extendido; después apoyó los brazos en el mostrador y perdió la mirada más allá de la ventana. Él también miró en esa dirección, tuvo curiosidad por saber qué miraba la chica, aunque tal vez no estuviera mirando, como parecía, la montaña o el cerro, con los ojos fijos y tan abiertos, quizás estuviera pensando vaya a saber qué y no veía la montaña o el cerro con el sol que ahora se le hundía bien adentro porque era el atardecer y la ventana mira al oeste, y el horizonte se ve tan rojo como él no sabía que se veía desde esa ventana porque nunca había ido al bar por la tarde, sino de mañana o al mediodía, y a lo mejor por eso el bar era tan fresco por la mañana, porque el sol le daba por la tarde, claro. Se veía distinto el bar al atardecer, y la chica, también, ahora que lo pensaba. Antes no le había visto esa mirada ausente, clavada en la montaña o el cerro. Si parecía dormida; pero no, bastaba con verle los ojos para saber que no.

La chica estaba metida adentro de su piedra, era piedra. Se quedaba quieta y muda mirando cualquier cosa, el atardecer por la ventana, el cielo rojo del atardecer, rojo y anaranjado; naranja furioso se veía el cielo sobre la montaña o el cerro, y los ojos de la chica miraban hacia allí, se quedaban fijos en el sol que se hundía y daba la sensación de que veían más allá. Pero era eso, una sensación, nada más. Tal vez la chica no veía nada, ni el sol, ni el cielo, ni la montaña o el cerro, tal vez los ojos de la chica ni siquiera atravesaban la ventana del bar; tal vez permanecían de este lado de la cortina de cuadritos verdes y blancos controlando todo, tratando de mantener cada cosa en su lugar. Seguro que la chica se hacía la ilusión de que podía mantener cada cosa en su lugar, tan quieta y fija como la montaña o el cerro.

Ella debe creer que maneja las cosas y la gente a su gusto. Seguro que lo cree, pobre imbécil. Acodada en el mostrador, la cabeza erguida, bien abiertos los ojos, la chica no sabe que la uniformidad de su mundo puede alterarse. Como las cortinas, pensó Ferroni (porque se puso a mirar las cortinas, ahora que el sol se hundía del todo y dejaba en el cielo un intenso color de naranja); como esas cortinas simples y limpias que enmarcan la ventana, con su monotonía de cuadritos verdes y blancos, uno igual al otro, mil veces repetidos, un cuadrito, otro cuadrito, otro, cuadritos arriba y abajo, a los costados, en los volados, en las tiras que sujetan las cortinas al marco de la ventana, uniformidad total de cuadritos, chatura de cuadritos, rigidez de cuadritos, aburrimiento de cuadritos y cuando no se espera otra cosa que cuadritos, estalla una mancha anaranjada como el cielo del atardecer sobre la montaña o el cerro. Un entrevero de hilos brillantes como un sol que rompen para siempre la monotonía de los cuadros verdes y blancos. Alguien bordó una mancha del color de la naranja y quebró para siempre la rigidez de los cuadros.

Era el primer día de lluvia desde que llegó a Villa del Carmen. En el Norte el verano es lluvioso, le había dicho su superior; él pensó que mejor, que la lluvia lo ayudaría a soportar el calor. Por eso metió el paraguas en el bolso sin ningún remordimiento, y hasta con cierta satisfacción al recordar las bromas que le hacía su superior cada vez que, estando el día nublado, él aparecía con paraguas. Ahora llovía y por fin iba a descansar de tanto sol. Hasta la campera liviana podría ponerse, porque estaba fresco; no demasiado, pero fresco. Y eso era bueno. Iba a salir a caminar con la campera y el paraguas, y no le importaba si se mojaba los zapatos; los prefería mojados, antes que blancos de polvo. Siempre el agua era mejor. Ferroni dio media vuelta en la cama y se quedó mirando la pared; qué apuro tenía para levantarse. Había tiempo de sobra para hacer lo que le viniera en gana; aunque bien sabía él que la lista de actividades era bastante reducida. ¿Tareas para hoy?, se preguntó, casi sonriendo, con los ojos fijos en la pared pintada de verde claro. Saludar a la chica de piedra y averiguar si recibió la carta de la amiga, dijo moviendo apenas la lengua y los labios, y enseguida agregó falta poco para su cumpleaños, y todo lo dijo con esa casi sonrisa que se le quedó de cuando pensó, o dijo apenas, ¿tareas para hoy? La pared pintada de verde claro se oscureció un poco y Ferroni juntó los párpados —no del todo— prestando atención a la textura áspera de la pared, pensando si el día del cumpleaños de la chica le iba a decir feliz cumpleaños ni bien entrara al bar o si iba a esperar a que ella le trajera la cerveza. La superficie verde de la pared, de una tonalidad más clara antes que ahora, empezó a mancharse con sombras y vetas oscuras, hasta formar un entramado que crecía a partir de un punto cualquiera y se expandía rápidamente. Ferroni ajustó el enfoque con los párpados y se dijo que a lo mejor, por ser su cumpleaños, la chica se ponía alguna ropa más vistosa que la que usaba todos los días. El entramado de la pared era una maraña de hojas verdes, relucientes y húmedas, saturadas de gotas temblorosas que se deslizaban muy despacio, dejando tras de sí un rastro de luz. Ferroni miró atentamente las hojas y se preguntó si las campanillas ya habrían florecido. Quizá la chica tenga algún vestido floreado, murmuró, y si lo tiene, seguro que se lo va a poner. Un destello azul violeta furioso surgió entre las hojas y dio forma a una campanilla, y enseguida otro destello y otra flor, y otra más, y otra. Ahora viene el tren, dijo Ferroni, bajito, y enseguida escuchó el tronar de la locomotora que se acercaba. Las hojas y las campanillas se agitaron y perdieron algo de nitidez. El ruido del tren se hizo insoportable;

Ferroni se tapó los oídos y le pidió a su madre que volvieran a casa, no le gustaba pasar debajo del terraplén. Su madre lo alzó en brazos y lo apretó contra su pecho; él rozó apenas su cara con la de ella y supo que su madre estaba llorando. Cerró los ojos y cuando los abrió, sólo vio la pared verde claro de la habitación, áspera y limpia, como recién pintada.

—¿Usted estuvo buscando algo?

—¿Yo? No. ¿Por qué?

—No sé; parece que alguien anduvo revolviendo. Algunas cosas están cambiadas de lugar. Estas servilletas están mal dobladas; yo no las dejé así.

—Deben ser ideas tuyas. Yo no toqué nada ni cambié ninguna cosa de lugar.

—Si precisa algo, me avisa. Yo lo busco.

—Estoy en mi casa. No necesito permiso para buscar nada.

—Usted me avisa igual. No me gusta que anden hurgando en los cajones que ordeno yo.

Como si no supieras que fue ella. ¿Quién iba a ser, si no? Dejala que se haga la tonta; total, las cartas no están. Que siga cuchicheando con el porteño, nomás. Si es por eso que viene todos los días. Hasta de tarde ha venido. ¿A qué?, te preguntaste. Y a qué iba a ser, sino a hablar con ella. Que hable todo lo que quiera. Las cartas nunca las va a conseguir. Ahora, si la Matilde te escribe para tu cumpleaños, entonces ahí, sí, la dirección es lo que puede servir. Y hay que ver qué cuenta la Matilde, por qué se fue, si está viniendo para acá o qué. Aunque, si está viniendo, a lo mejor no escribe, viene y nada más. O no, a lo mejor escribe para avisar que viene. Ya se verá. Pero si no te llega la carta en dos o tres días, tal vez no llegue nunca; la Matilde no dejaría pasar tu cumpleaños. ¿Y si la carta se perdió? ¿O si se atrasa unos días? A lo mejor el porteño se cansa y se va. Que busque en otro lado. No te gusta el porteño, Marita. Ni un poco te gusta. Y está bien, no tiene por qué gustarte. Tan prepotente el hombre. Igualito a tu abuela, que por algo se entienden los dos. Si hasta en la forma de mirar se parecen; cuando miran de frente, lastiman, clavan sus ojos en los ojos del otro para metérsele bien adentro y escarbarle en el alma. Pero si alguien los enfrenta sin miedo, entonces sus ojos reculan y son un puro esquivar la mirada del otro, temerosos de que les arrebaten algún secreto. ¿Qué secreto le ibas a sacar vos a tu abuela? Si lo que tenías que saber ya te lo contó Natividad. Y aunque no te lo hubiera contado, igual te habrías dado cuenta.

Tu abuela no quiere a nadie. Nunca te quiso a vos, no quiso a tu madre, te mató a la Loba. Aunque a Natividad jamás se le hubiera soltado la lengua, igual lo sabrías, Marita. Desde que te mató a la Loba que lo sabés. También mataría a la Matilde, si pudiera. Cuántas maldades le hizo cuando estuvo viviendo en la casa, antes de irse a Buenos Aires. Pero ahora, si la Matilde viene, va a ser distinto. Vos no vas a permitir que la ande mandoneando. Ahora las cosas están claras, y si no le gusta vivir con la

Matilde y su hijito, que se vaya de una vez y para siempre. Aunque de sobra sabés que no se va a ir. No, no se irá. Tendrá que acostumbrarse a la Matilde y la guagua, nomás.

Desde que su hijo se fue a vivir a Buenos Aires, Natividad Ugarte no deja su rancho así porque sí. Son pocas las veces que se arrima hasta el pueblo. Ella dice que porque está vieja y le cuesta caminar. Pero no es argumento, ése, para quien la conoce bien y sabe de sus quehaceres y sus recorridas por el valle y los cerros juntando yuyos que sólo a ella le son familiares, para después poder dárselos a quien los necesite. Este yuyito, para el estómago; este otro es bueno para la sangre; esta flor, tan pequeñita como la ves, la dejás en agua toda la noche y a la mañana bien temprano te tomás el agüita y vas a ver cómo se te va ese dolor de cabeza que no te deja vivir en paz. Pero también estaban los tamales, que Natividad Ugarte vendía a toda Villa del Carmen, y la chicha, una vez al año, y los picantes, de gallina o de lengua, cada vez que se los encargaban. Vieja está Natividad Ugarte, pero no enferma y achacosa, a Dios gracias, que bastante bien se las arregla para vivir sin pedirle nada a nadie. Pero desde que el Pedro se fue, a Natividad se le cambió la esencia de los días, y ella lo percibe en la textura de las horas, en el espesor de las noches, en la tonalidad del atardecer, en el sonido de la lluvia, en el florecer de la manzanilla. Tal vez las cosas se le hayan corrido un poco de lugar, tal vez sea la consistencia del tiempo lo que se le alteró para siempre, lo cierto es que desde que el Pedro se fue, ella se ha pegado más a su entorno. Sus pies siguen recorriendo grandes extensiones, pero ahora, en vez de alejarse de su rancho hacia el pueblo, lo hacen hasta aquí nomás, hasta allicito; después, un poco más allá y vuelta al rancho, para aquí y para allí otra vez, alas de mariposa dibujan sus pies, va y viene, abre y cierra, del rancho al maizal, del maizal al cobertizo donde almacena la chicha, de ahí al rancho otra vez, y ahora a la ladera del cerro por yuyos, y al rancho, y al horno y a ver a la ponedora, y así hasta que el sol cae y entra a su rancho, y ya no sale sino hasta el día siguiente, que así como se ha acostado con el sol, con él se levanta cada amanecer.

Pero ahora llueve y Natividad no está en su rancho, sino que ha subido a la loma y ha caminado y ha bajado, y ha seguido andando hacia el pueblo. Aprieta contra su pecho, debajo del poncho café que la protege de la lluvia, la carta de letra mezquina que le ha mandado su hijo y que Asunción le llevó a su rancho la tarde anterior, al poco rato de haberse ido Marita con la chicha. Dos días tendría que haber esperado para que Marita volviera y le leyera la carta. Pero no pudo Natividad esperar tanto. Dos días era un tiempo demasiado largo. Si hacía muy poco que su hijo le había enviado otra carta, ¿para qué le escribía ahora? ¿Qué tendría que contarle el Pedro que no le contó en la carta anterior? Con lo poco que faltaba para sus vacaciones. ¿No iba a venir, acaso? Nada bueno podía pensar Natividad, y no porque no quisiera, sino, más que nada, porque no se lo permitían esos ganchos con que su hijo había escrito su nombre en el sobre, además de las innumerables palabras apretadas en la larga carta, tan larga como ninguna de las que había recibido hasta ahora. Picotazos de gallina, esa letra. Picotazos de gallina sobre el papel. De sobra conocía ella las letras grandes y redondas con que el Pedro llenaba las hojas de sus cartas, esos dibujos tan bonitos que, entrelazados unos con otros, formaban las palabras que Marita le leía. Una palabra al lado de la otra, no pegaditas, sino con un camino entre medio, un sendero blanco separando pequeños montes, limpios redondeles, gordas gotas de aguacero, bichos panzones de patas largas, hormigas antenudas, uno que otro pico fino y alto, pero pocos, la verdad, porque su hijo dibujaba unas palabras puramente redondeadas, todo soles, flores, hojas, bichos de panza redonda, al menos eso era lo que hacía en las cartas anteriores. Y de ahí que se le inquietara el alma a Natividad; cómo entender que de tanta bonita redondez, su hijo haya pasado al puro picotear de las gallinas, a esas agujas que suben apenas y apenas bajan, unos flacos redondeles que no llegan a cerrarse, ni una hormiga, ni un solo bicho panzón, ni hojas, ni flores, ni anchos caminos blancos separando cada palabra, apenas un mero espacio para que se cuele un airecito y respire la gallina que da los picotazos.

Y ahora llueve y Natividad aprieta la carta contra su pecho, debajo del poncho café. Camina rápido, balanceándose apenas, mirando sus pies y el borde de la pollera; un pie, la pollera, el otro pie, la pollera otra vez, el pie. Cada tanto murmura algo, chasquea la lengua, estira los labios, sacude un poco la cabeza y retoma la rumia que había abandonado al chasquear la lengua. Qué le andará pasando a m'hijito, la Marita me lo ha de decir.

Ferroni colgó el paraguas en el respaldo de una silla y se sentó en el banco largo, apoyando la espalda contra la pared. No saludó, al entrar, como venía haciendo últimamente (entraba, miraba hacia el fondo, veía a la chica, a veces a la vieja, saludaba, se sentaba, la chica se acercaba, pedía una cerveza). Esta vez entró, distinguió en el fondo, sin mirar directamente, a un grupo de tres o cuatro personas entre las cuales —seguramente— estaría la chica y, tal vez, también la abuela; colgó el paraguas, se sentó en el banco y se puso a mirar por la ventana. Así estaba bien. ¿Para qué buscar a la chica con la mirada? O a la vieja. Si estaba la vieja, seguramente le iba a devolver el saludo con amabilidad, pero la chica le sacaría las ganas de tomar la cerveza. Aunque no era cerveza lo que tenía ganas de tomar. La lluvia le pedía algo más fuerte.

—¿Puede ser una caña? —preguntó, cuando la chica se acercó con el trapo rejilla y se puso a limpiar el hule estampado con flores rojas y cuadros verdes que cubría la mesa.

La chica no contestó y se fue. Ferroni la observó mientras iba hacia el mostrador, bajaba una botella de caña de uno de los estantes y llenaba un pequeño vaso que había puesto sobre la bandeja de garras de león. Después volvió a mirar por la ventana. Entonces la vio. Estaba parada del otro lado del vidrio, mirando hacia adentro. Era una vieja sin edad, envuelta en un poncho color marrón que la cubría casi por completo. Llevaba un sombrero negro que malamente resguardaba su cara de la lluvia; dos largas trenzas grises y finas, como hilos de agua, parecían colgar del sombrero igual que dos cintas de adorno. La vieja miraba hacia adentro y quizá lo miraba a él; quieta bajo la lluvia, sólo miraba.

La chica se acercó a la mesa con los ojos bajos y hundiendo sus dedos en las garras de león. Dejó el vaso de caña sobre la mesa y miró hacia la ventana. Ferroni advirtió que se sorprendía; se notaba por su expresión que lo que menos esperaba era ver a la vieja ahí parada, mirando hacia el interior del bar. La chica apoyó la bandeja en una de las sillas de paja y se apuró hacia la puerta.

—Doña Nativita, qué hace ahí parada, se está mojando, entre, pues.

Ferroni vio que la vieja se acercaba a la puerta y vio también que una mano emergía del poncho sosteniendo algo blanco —un sobre, quizá— y se lo daba a la chica, a quien, desde donde estaba sentado, Ferroni no podía ver. Los labios de la vieja se movían (¿qué estaría contando?), mientras la mano que se había asomado por el poncho subía y bajaba, como acompañando las palabras. Después los labios y las manos de la vieja dejaron de moverse; una mano recuperó el sobre —era un sobre— y lo devolvió a su escondite debajo del poncho.

La chica entró de nuevo al bar, recogió la bandeja de la silla, sin mirar a Ferroni, sin mirar nada y caminó hacia el mostrador; dejó allí la bandeja y se fue por la puerta de la cocina. Casi enseguida salió la abuela por la misma puerta y se acomodó detrás del mostrador. Ferroni volvió a mirar por la ventana y sólo vio una franja de poncho contra la pared; la vieja se había refugiado junto a la puerta, debajo del alero. Era evidente que esperaba algo. La chica apareció otra vez, ahora enfundada en un horrible saco negro de lana, con un pañuelo floreado cubriéndole la cabeza y unos toscos y anchos zapatones que contrastaban grotescamente con sus piernas flacas. Empuñaba un paraguas negro y caminaba erguida, con pasos largos y la cabeza en alto, la vista fija en algún punto más allá de la ventana y la lluvia. Pasó junto a Ferroni sin mirarlo, salió del bar y se fue con la vieja. Él las vio por la ventana; caminaban una junto a la otra, protegiéndose con el paraguas de la chica, que abrazaba a la vieja por los hombros para guarecerse mejor las dos. Había algún elemento común entre la vieja y la chica, algo que las aunaba, a pesar de las diferencias. Ferroni siguió mirándolas hasta que se perdieron, calle abajo, confundidas con la lluvia y la tierra.

—Otra caña, por favor —le pidió a la abuela desde la mesa, a la vez que señalaba el vaso vacío.

La vieja se acercó con la botella.

—¿Qué tiempo, eh? —dijo Ferroni.

—Se esperaba la lluvia —contestó la vieja—. La tierra estaba muy seca.

—Llovió toda la noche, ¿no?

—Sí. Y parece que va a seguir, nomás.

—Salió apurada la nieta...

—Enseguida vuelve. Fue a acompañar a Natividad a hacer una compra. La pobre ya no se arregla sola para esas cosas.

—¿Es la señora que hace los tamales...?

—Y la chicha, también. Mi nieta va seguido a su casa; le hace algunas compras y le lee las cartas del hijo.

—Salir con esta lluvia, la señora... Se ve que no podía esperar.

—Se ve que no. Parece que necesitaba algo con urgencia; por eso vino a buscar a la María.

—Así que ésta es la señora que le guarda las cartas a su nieta.

—Eso es lo que creo yo.

La vieja apoyó la botella contra su pecho y volvió al mostrador. Ferroni se quedó pensando en la chica y en la vieja del poncho. Y en la lluvia, que tintineaba sobre el alero de chapas del bar, y en su gorgoteo al pasar por la canaleta, y en ese ruido como de metal líquido al caer en el desagüe. Pero enseguida se preguntó qué canaleta y qué desagüe, porque lo único que veía desde la ventana era el alero; entonces prestó más atención y escuchó, transparente, el gorgoteo gloc, gloc, gloc hacia abajo, y a continuación, un entrechocar de caireles de vidrio, y era el agua de la lluvia derramándose en el desagüe, y se dijo no importa si no los veo, están ahí, oigo el agua bailotear en la canaleta y quebrarse en el desagüe, aunque sería mejor verlos, pensó, entonces entrecerró un poco los ojos y fijó la mirada, no en la lluvia, sino en el vidrio mojado, y una canaleta reluciente descendió brusca del techo hasta la mesa y el gorgoteo del agua se oyó más fuerte, y la caída en el desagüe fue como una explosión de lata. Había pequeños charcos en el patio, y las hojas de las plantas relucían con ese verdor irisado que les trae la lluvia. De pronto oyó la voz de su madre que lo llamaba desde la cocina. No quiero ir, se dijo Ferroni, y se quedó con la oreja pegada a la canaleta, gloc, gloc, gloc y el pelo mojado y las rodillas y los pies. Pero su madre volvió a llamarlo y él se dio cuenta de que no era sólo la lluvia lo que le mojaba la cara, sino, más que nada, las lágrimas que salían de sus ojos, veloces y abundantes como la misma lluvia. Otra vez el chico llorando, pensó Ferroni con fastidio, y ahí nomás advirtió, también, que el gorgoteo del agua en la canaleta le estaba tapando otro sonido, así que hizo un esfuerzo y logró separar e identificar el segundo sonido, que no era otra cosa que los gemidos del chico, el llanto que se esforzaba en ocultarle a su madre, pero que Ferroni oía, ahora, más nítido que el gorgoteo de la canaleta, tan nítido que empezó a dolerle en la garganta, con ese dolor inconfundible del que ahoga su propio llanto para mantenerlo en secreto. La madre seguía llamándolo desde la cocina y Ferroni quiso oír mejor aquella voz, entender una a una las palabras que conformaban el llamado, porque aunque él sabía que, efectivamente, ella lo llamaba, no lograba distinguir ni siquiera su nombre. Pero ella lo llamaba y el chico había empezado a limpiarse los ojos y la nariz con el dorso de la mano, mirando hacia la cocina. Otra vez se oyó la voz de la madre, más apagada, y el chico empezó a temblar a medida que avanzaba despacio hacia la cocina. Ferroni no tuvo dudas de que el chico estaba temblando porque un tenue pero prolongado temblor recorrió su propio cuerpo desde el pecho hasta los pies. El chico temblaba y caminaba y la voz de la madre se apagaba cada vez más, pero no cesaba; era un murmullo sordo y persistente. Entonces el chico corrió hacia la cocina y vio a su madre y gritó, pero Ferroni no ve a la madre, sólo al chico que ve a la madre, y eso le basta para saber que ella está sufriendo. El chico abraza a su madre y vuelve a llorar, y en ese contacto de su cuerpo con el cuerpo de la madre, Ferroni logra captar la dimensión del amor que el chico le tiene. Pero es breve el contacto, y breve la comprensión del sentimiento, porque la escena de la madre con el chico, que no era una escena convencional, ya que estaba hecha más de sensaciones que de imágenes, empezó a perder nitidez —la poca que tenía como imagen— y a continuación también la sensación dejó de ser neta, limpia, para empezar a diluirse en unas aguas grises que, de a poco, fueron conformando otra escena, ésta sí, más imagen que sensación. Ahora Ferroni veía la sala de interrogatorios y sabía que él estaba allí, esperando que le trajeran a una detenida, pero no se veía a sí mismo. Sabía que estaba solo; un sonido de agua llegaba desde algún lugar y él se preguntaba si estaría lloviendo o si habría algún caño roto en los baños del piso superior. Ferroni veía los azulejos blancos de las paredes, la pequeña ventana junto al techo, los mosaicos de granito del piso, la camilla en el centro de la sala con el banco alto de madera, pero él no estaba, o sí, estaba, pero no se veía; iban a traerle a una detenida para interrogar y vio cuando se abría la puerta de la sala y entraba el cabo Garibaldi con la chica desnuda y encapuchada, las manos atadas a la espalda y toda ensangrentada. Garibaldi era nuevo y no conocía su modalidad de trabajo. Es la primera y la última vez, ¿me estás escuchando?, la primera y la última vez que me traés a un detenido en estas condiciones. Llevátela y bañala. Me la traés bien limpia, ¿entendiste? Garibaldi había entendido. Al rato volvió con la chica recién bañada; chorreando agua se la trajo. Sin abrir la boca, se la puso en la camilla y lo ayudó a atarla con las correas. Ahora Ferroni ve las manos de Garibaldi que se deslizan morosas por las piernas de la chica, después de haber asegurado las correas de los tobillos, y llegan hasta el vientre amoratado y siguen deslizándose hacia los costados para verificar que también las correas que sujetan los brazos han sido correctamente abrochadas. Ferroni ve el cuerpo de la chica por partes, las piernas, el vello del pubis, el vientre, los pechos pequeños; ve las gotas de agua que cubren la piel, oscurecida por sectores, y vuelve a ver las manos del cabo, los dedos, la yema de los dedos apoyarse apenas sobre las gotas de agua y deslizarse por la pierna de la chica, y ve cómo se esparce el agua por su piel, a la vez que se mojan las yemas de los dedos del cabo Garibaldi, entonces comprende que está recordando en cámara lenta y con la imagen extrañamente amplificada; además se da cuenta de que en ningún momento ha visto la cara de Garibaldi; sabe que es él, ve sus manos, pero no ve su cara. Ahora Garibaldi toca, con un solo dedo, cada uno de los moretones que la chica tiene en su cuerpo y Ferroni sabe, aunque no ve, que el cabo sonríe apenas, entreabre mínimamente los labios y deja al descubierto un destello de saliva cada vez que la chica se estremece por el dolor que le produce la presión de su dedo sobre el moretón. Y ése será el final del festín de Garibaldi, al menos en su sala y delante de él, porque le dice que se vaya. Ferroni ve cuando el cabo se va, pero no se ve a sí mismo, junto a la chica, mirando al cabo que se va. Ahora ve a la chica, mejor dicho, su cabeza encapuchada y piensa, ¿cómo será? Tiene ganas de ver su cara, sus ojos, sobre todo, porque viéndole los ojos él verá su miedo y así sabrá mucho más que todo lo que ella pueda decirle en el interrogatorio; sabrá otras cosas que la chica ni siquiera imagina. Entonces Ferroni ve ahora sus propios dedos deslizarse a lo largo del esternón, donde la piel se ve tirante y más azul que morada, y subir hacia el cuello y aferrar los bordes de la capucha y de un tirón levantarla para ver, horrorizado, el rostro informe de la chica, los párpados hinchados, cerrados, las manchas rojas, azules, marrones, negras de la piel, los labios partidos, las fosas nasales colmadas de sangre coagulada, el hilo de baba y sangre que empezaba a correr por la comisura de los labios. ¿Horrorizado? Si no ve su propia cara, ¿cómo sabe que su expresión es de horror? ¿Sentía horror en ese momento? ¿Por qué? A ver, se dijo Ferroni, acá hay algo que anda mal. Tengo que ordenar un poco los recuerdos. Veamos. Del cabo Garibaldi se acordaba perfectamente; fue su último ayudante (y esperaba que siguiera siéndolo a su retorno; era muy eficiente). Antes que Garibaldi, le habían asignado al Chiquito, un tipo sucio y haragán que nunca le gustó (se lo dijo bien claro a su superior: cuando vuelva, Garibaldi sigue conmigo; ni se les ocurra mandarme otra vez al Chiquito). También recordaba perfectamente aquella vez que Garibaldi le había llevado una chica ensangrentada y él lo había mandado a que la bañara, y recordaba también esa cosa lujuriosa del cabo de pasarle los dedos por la piel mojada; y también que la chica tenía la cara golpeada. Nada más. Pero ningún horror, de eso estaba seguro. Solamente el asco de verla llena de sangre y pensar en la posibilidad de tener que trabajar sobre ese cuerpo sucio. Nada más; una sensación de asco que se eliminó en el mismo momento en que le dio al cabo la orden de bañarla. Pero cómo iba a horrorizarse; de qué iba a horrorizarse; por qué. Y sin embargo, la cara destrozada de la chica y su sentimiento de horror se habían desplegado sobre el vidrio de la ventana del bar, mientras tomaba su segundo vaso de caña, como si fueran un recuerdo de verdad, y no lo eran, estaba seguro, ni el horror ni la cara; jamás había interrogado a nadie en tal estado; una persona en esas condiciones no podría decir ni media palabra, cualquiera se daría cuenta. Ferroni se dijo que había algo en Villa del Carmen que lo estaba afectando seriamente. Quizá no fuera Villa del Carmen en sí, sino el mero hecho de estar lejos de

Buenos Aires. Antes de llegar había pensado que si podía dormir sin que el calor se lo impidiera, todo marcharía bien. Pero no era sólo cuestión de poder dormir. A lo mejor la cosa pasaba por lo extensos que le resultaban los días, con tan poco que hacer. Había tiempo de sobra y él lo utilizaba para pensar pelotudeces. Seguramente era eso: jugadas tontas de su imaginación saturada de tiempo libre. Por suerte todo se terminaba en un par de días. No veía la hora de volver a Buenos Aires y retomar su rutina. Seguía lloviendo; más que antes llovía. Ahora Ferroni le prestaba atención al repiqueteo de la lluvia sobre el alero de chapas y se daba cuenta de que era más intenso, más bochinchero que antes. Miró la calle de tierra, que se perdía hacia abajo, y pensó en María Valdivieso, con sus zapatones y su paraguas, y el saco de lana feo y ancho y largo y negro, de vieja, igual que el pañuelo en la cabeza, anudado debajo del mentón. La calle de tierra era un río de barro y Ferroni pensó en los zapatos de la chica, que tendrían que hundirse en el barro para volver y, cosa rara, no pensó en los suyos, que deberían hacer lo mismo para irse.

Pueblo de mierda. Calles de mierda. Lo primero que iba a hacer al llegar a la pensión era lavar los zapatos; no le quedaba más remedio que sacarles el barro en el piletón de lavar la ropa. Y lo iba a tener que hacer rápido, antes de que el barro se secara. Con el barro seco siempre es más difícil, uno termina raspando el cuero y después no hay pomada que alcance para tapar las raspaduras. En cambio con el barro fresco, se pone el zapato debajo del chorro de la canilla, cuidando que no le entre el agua, y la limpieza se hace sola. Claro que después hay que secarlos bien con una gamuza y dejarlos orear. Ferroni pensó que sería bueno darles una mano de tinta antes de la pomada. Sí, murmuró, primero una mano de tinta y después la pomada. La callecita estaba reluciente. Ya no llovía, pero aún había agua en las hojas de los árboles y en las junturas del empedrado. El cielo se había despejado por completo y el sol ya andaba queriendo asomar. Por más que llueva, vas a ver que ni bien para, enseguida sale el sol; en el Norte es así, le había dicho su superior. Entonces, mejor apurarse; si el barro de los zapatos se secaba, iba a tener que removerlo con un cuchillo.

Las piedras del empedrado, de superficie redondeada, brillaban como si las hubiesen lustrado. Una calle limpia, se dijo Ferroni, totalmente limpia. ¿Quién pisará este empedrado? Los chicos de la cuadra seguramente jugarán allí y se revolcarán a gusto. Algún perro, algún carro de vez en cuando; él no había visto ninguno, pero estaba seguro de que algún carro debía pasar. Era un pueblo para carros, ése. Y para bicicletas. Ahora recordaba haber visto una o dos personas en bicicleta, pero en otra calle, no en ésta; ni siquiera podría decir si eran hombres o mujeres; personas en bicicleta y gracias.

La vereda y parte de la calle estaban cubiertas de flores amarillas. Se ve que no resistieron el agua y el viento, dijo Ferroni, como los jazmines celestes, que llenaban el patio después de una lluvia de verano. Lo dijo en voz muy baja, mientras miraba las flores desparramadas en el suelo. No bien terminó de decirlo, levantó la vista y miró, extrañado, una de las puertas dobles de madera de la calle. No le costó ningún esfuerzo abrirla; no del todo, eso sí, sólo la hoja de la izquierda; la otra seguía asegurada con el pasador de hierro que se hundía en la piedra del umbral. Los mosaicos del patio tenían ese brillo de agua y sol que sobreviene después de la lluvia o el lavado o el riego de las plantas. Pero no, el riego de las plantas, no. Su madre las regaba al caer el sol, y era la sombra y su frescura lo que venía a continuación. Entonces ese brillo de sol y agua que se veía en los mosaicos era consecuencia de la lluvia reciente, claro que sí. Ferroni entrecerró apenas los ojos y distinguió una a una las palpitantes gotas que colgaban de las hojas del helecho serrucho, y más también, porque si se quedaba mirando fijo una sola gota, la veía hincharse sobre la hoja y luego estirarse con pereza, traslúcida, verde, con brillo de plata y lentitud de mercurio, hasta que finalmente desaparecía y sólo quedaba una estela de luz. Ferroni vio una gota gorda a punto de desprenderse de una hoja del helecho y enseguida el dedo del chico debajo de la gota, sosteniéndola e impidiendo por un instante que cayera y se esfumara en el piso. La gota se estiró y resbaló por el dedo, pero ya no era gota, sino una hebra húmeda y reluciente, que Ferroni sintió tan fría como el hielo. ¿Por qué?, se preguntó, si es verano y ya no llueve y los jazmines celestes cubren los mosaicos del patio y el perfume de los jazmines blancos se ha vuelto más intenso con la lluvia, y hay brillo de sol en las plantas mojadas y en los mosaicos mojados. El chico tiene frío y tiembla; Ferroni se tocó la frente y la sintió arder. El chico tiene fiebre y está solo en el patio. Se va a quedar ahí, dijo Ferroni, espera a la madre. Pero mamá también está enferma y no va a venir, dice ahora. Pero mamá no está enferma, dice ahora. Papá dijo que estaba enferma cuando él entró en la cocina y la vio tirada en el piso, con el vestido floreado y las sandalias. Mamá está enferma, hay que llevarla a la cama, había dicho. Y él supo que su padre mentía. Y ahora ella está en la cama y él espera que lo vaya a buscar, porque no está enferma. Ferroni sigue viendo al chico junto al helecho, y no es exactamente la imagen de un chico lo que ve, sino la certidumbre de un chico, pero no le importa, porque sabe que ese chico es él, como sabe que su madre estuvo tirada en el piso de la cocina, aunque no sabe cuándo. ¿Hace un rato? ¿Ayer? ¿Y el padre cuándo apareció? ¿Dónde estaba? ¿Dónde estuvo siempre? Ferroni hace un esfuerzo por dar nitidez a la imagen de la madre tirada en el piso de la cocina, con el vestido floreado y las sandalias. Se pregunta cuándo vio esa imagen. Aunque su madre tirada en el piso de la cocina también es más certidumbre que imagen. Pero tiene el vestido floreado y las sandalias, se dice; entonces se concentra en el vestido y las sandalias y ve a su madre tirada en el piso de la cocina, con el vestido floreado y las sandalias, y el chico arrodillado a su lado, mirando el vestido, el pecho de la madre subiendo y bajando, las flores rojas ensanchándose en cada jadeo, como a punto de reventar, el vientre de la madre, apenas redondeado, los pies doblados hacia adentro, los dedos asomando entre las tiras de charol, el vientre otra vez, el pecho ensanchando las flores rojas, el cuello, más arriba, y la cara, dijo Ferroni, quiero ver la cara de mi madre, y abrió grandes los ojos y vio la puerta doble de madera, cerrada, con el llamador de bronce reluciendo al sol; qué raro, pensó, es la primera vez que veo el llamador de bronce.

Te escribo desde el tren, negrita. Es de noche y el José Luis está dormido, a mi lado. Apenas hay una lucecita en el techo, pero me alcanza para ver lo que te escribo. No me olvido de tu cumpleaños, Marita de mi corazón.

Las tipas hierven de amarillo, doña Nativita. Se lo dije a la mañana, mientras bajábamos de la loma para ir a su rancho. O a lo mejor no se lo dije así; le dije: vea las tipas, doña Nativita, están hirviendo de puro amarillo. Pero usted no me dijo nada. Iba preocupada por la carta. Y eso que le dije que se quedara tranquila, que al Pedro no le pasaba nada. Ni bien vi el sobre, se lo dije. Ahí nomás me di cuenta de todo. Pero mire que es cabezona usted, ¿eh? Y yo también, no vaya a creer. Se lo digo para que no piense que la estoy criticando. No, nada de eso. Si usted es tan buena, doña Nativita, que da gusto. Y su hijo el Pedro es otro buenazo, y bien tranquila se puede quedar, que para marzo lo va a tener por aquí, tal como le dijo en su carta de hace unos días.

¿Usted no pensó que el Pedro nunca le escribe una carta atrás de la otra? Que si le mandó una hace pocos días, nomás, cómo le iba a mandar otra, ahora; ¿para qué? Y ya le dije mil veces que las cartas se hacen escribiendo y no dibujando. Que no son dibujos lo que le leo, sino palabras. Meras palabras. Tantas cosas que sabe y eso no me lo aprende. Y no sé para qué le hablo; harto dormida ha de estar a estas horas. Si me viera; me he levantado de la cama y he venido a sentarme al comedor. Hace mucho que no lo hacía. Creo que la última vez fue cuando la Matilde viajó a Buenos Aires. No podía dormir, igual que ahora, y me vine a sentar aquí, en este mismo lugar, al lado de la ventana, a mirar el cielo estrellado y la luna, que es lo único que se ve; lo demás es todo oscuridad. Igual no quiero ver otra cosa. Allá están los ojos de la Loba, alto, bien alto ahora que es tan tarde, y más abajo, su rancho, que no lo veo, pero es como si lo viera. El sol ya se le ha dormido, doña Nativita, y usted también; y así debe ser. Pero yo no puedo, ¿sabe? No dejo de pensar en la Matilde y en su hijito, y en el José Luis, que no lo conozco, pero es como si lo conociera, con todo lo que la Matilde me ha hablado de él. Y también pienso en el Luchito, cómo no voy a pensar. Si lo estoy viendo cuando se fue a Buenos Aires. ¿Se acuerda, doña Nativita? Al poco tiempo de morir su mamá se fue. Ahora que no está la mamita, me tengo que ir, me dijo. Lo mismo que la Matilde. Pero ella esperó un poco más, y aunque nunca me lo dijo, yo sé que trató de quedarse, por eso se vino un tiempito acá, conmigo, a ver qué tal le sentaba la casa y el trabajo del comedor. Pero con mi abuela, qué le iba a sentar, si se lo pasaba mirándola de reojo y limpiando encima de lo que la Matilde limpiaba. Fue como si la hubiera echado; ni falta hizo decirle que se fuera. Pero qué le voy a hablar de mi abuela a usted, que la conoce tanto. De la Matilde le quiero hablar, porque yo la estaba esperando, ¿sabe? Pensé que ya se venía con la guagua, si hasta le iba a tejer una manta para la cuna; pero antes, unas botitas, que es lo primero que se teje; la manta, después. Y ahora, doña Nativita, no sé qué hacer. Tampoco sé qué pensar. Aunque sí sé qué tendría que pensar. Tendría que pensar en el porteño. Usted misma me lo dijo apenas terminé de leerle la carta: hay que pensar en el porteño, Marita, me dijo. Hay que ver qué se hace con ese hombre. ¿Qué se hace, doña Nativita? Los ojos de la Loba se han puesto a brillar más fuerte. Y está clara la luna; viera qué bonita y alta entre las estrellas. Qué la va a ver, usted, que se acuesta apenas el sol se le cae encima; igualito que las gallinas. Mañana va a venir temprano y me va a preguntar si recibí la carta de la Matilde por mi cumpleaños y yo le voy a decir que no. Entonces él me va a decir que le dé las otras cartas, y también le voy a decir que no. ¿Y después, doña Nativita? ¿Cómo sigue esta historia? Cuentemé, por favor. Quiero conocer el final. Si no lo sabe usted, no lo sabe nadie. Aquella estrellita me parece que es nueva. Una, dos, tres, cuatro, la quinta, arriba del ojo derecho de la Loba. A ver, espere que cuento otra vez… Sí, la quinta arriba del ojo derecho. Es difícil contar las estrellas, no vaya a pensar que es fácil. No se sabe cuál está atrás y cuál adelante, arriba o abajo. Bien difícil resulta. Pero esa estrellita es nueva, se le nota por lo temblona. Ya sé que todas las estrellas tiemblan, pero ésa más, y es por lo nueva, que una vez que se acomode bien entre las otras, va a ver cómo se le aquietan los temblores. Yo no quería verlo, por eso tardé más, ¿se acuerda que le dije? Si llego después del almuerzo, él ya no va a estar, eso le dije. Toma la cerveza y se va antes del mediodía. Pero esta vez, no. Lo vi sentado junto a la ventana, ni bien empecé a subir por mi calle. Quise hundirme en el barro, desaparecer con la lluvia, que viniera un viento fuerte y me llevara otra vez a su rancho, no sé, doña Nativita, cualquier cosa, menos estar ahí y que él me viera, porque yo sabía que me estaba viendo. No alcanzaba a distinguirle los ojos, ni siquiera la cara, pero era él, sentado junto a la ventana en el banco de siempre y mirándome con esos ojos que se me quieren meter adentro, doña Nativita; le juro que eso es lo que quieren. Metérseme bien adentro, hurgarme el corazón y las tripas para ver si pueden sacarme algo de la Matilde. Y tuve que seguir caminando, porque el barro no me tragó, ni la lluvia ni el viento me llevaron lejos. Entré al comedor sin mirar a nadie. Algo me dijo el porteño al pasar junto a él, pero me hice la sorda y seguí de largo. También me habló mi abuela cuando me acerqué al mostrador, pero seguí sorda, nomás, y muda, y me metí en la cocina y me puse a pelar papas para la noche, que tiempo tenía de sobra, pero quería ocuparme de algo y el canasto de las papas fue lo primero que vi, así que empecé a pelar y traté de no pensar; no quería pensar, doña Nativita, ¿me entiende? Yo estaba en la cocina tratando de no pensar, pero en el comedor estaba él. Y mi abuela, también, toda mieles con el porteño. Y yo, pelando papas, como si eso fuera lo más importante del mundo o lo único que valiera la pena hacer. Una papa, dos papas, tres papas, quince, veinte, treinta, no sé cuántas papas sin su piel oscura y áspera, papas de carne blanca y luminosa que fui hundiendo una a una en el tacho de agua para que no se pusieran oscuras, que faltaba mucho hasta la noche, si tenía tiempo de sobra para pelar. Hubiera visto, doña Nativita, cómo temblaban las papas al entrar al agua. Las papas tiemblan en el agua, le digo. Las estrellas, no. Las estrellas titilan, me acordé ahora. Titilan en el cielo, no me vaya a entender mal, a ver si piensa que las estrellas titilan en el agua. Lo que pasa es que me acabo de acordar, por eso se lo digo. La señorita Mercedes nos hablaba de las estrellas. Las estrellas titilan, decía. La luna, no; eso se lo digo yo, que me gusta tanto mirar la luna. La luna se queda quieta en su lugar y cuando se cansa se va, pero no titila. Yo no quería pensar más que en las papas, doña Nativita, pero no podía. La cara de la Matilde se me metía entre el cuchillo y la cáscara. Primero aparecía la cara y después el cuerpo entero. La veía en el tren, sentada junto a una ventanilla, escribiéndome la carta de mi cumpleaños. Y vea lo que son las cosas, doña Nativita, yo que nunca viajé en tren, tenía el vagón ahí, delante de mis ojos como si lo conociera de toda la vida. Los ojos de la Loba se han ido un poco más lejos; se ven tan pequeñitos, ahora. ¿Estará por levantarse el sol? No quiero mirar la hora. Ya sé que tendría que estar durmiendo, pero no tengo sueño; ya le dije, ¿no? ¿O no le dije? No puedo dormir, doña Nativita, porque no hago más que pensar en la Matilde y su guagua, y en el Luchito, tan bueno, y en el José Luis, que aunque no lo conozco es como si... pero esto ya se lo dije, doña Nativita, y no se lo digo más porque no me gusta repetir las cosas, no vaya a ser que termine pareciéndome a doña Elvira, que cuenta siempre las mismas historias y a mí me da no sé qué decirle doña Elvirita, eso ya me lo contó, hablemé de otra cosa, por favor; no se lo digo, doña Nativita, la dejo que me cuente otra vez lo mismo y al principio la escucho, pero un poquito, nomás, porque me aburre que me repitan, entonces me pierdo en cualquier pensamiento y no la escucho y ella sigue como si nada, hasta que en algún momento veo que se le aquietan los labios y me está mirando, a la espera de que yo le diga algo, entonces le digo, nomás, vea lo que es la vida, doña Elvirita, le digo y ella me sonríe y me dice es así m'hijita, qué le vamos a hacer. Y ya está, doña Nativita, se terminó la conversación, porque después de eso se va y yo sigo con mis quehaceres. Pero no le voy a repetir que no puedo dormir porque no dejo de pensar en la Matilde y su guagua y... Los ojos de la Loba ya casi no se ven. Los ha ido cerrando de a poco mi Lobita, así se duerme siempre, como peleándole al sueño, resistiendo porque sí, hasta que ya no puede más y rendida cae la muy zonza, Loba, Lobita de mi corazón. Ya se durmió mi Loba, doña Nativita, cerró sus ojos y se llevó todas las estrellas y la luna y ahora el sol se va a levantar y atrás usted, y yo sigo pensando en la Matilde y su guagua, y en el Luchito que es tan bueno, y el José Luis, que aunque no lo conozco…

Perdoname si no te escribí antes, pero de verdad que no pude. Nadie tiene que saber que te escribí. Si alguna vez te preguntaran por mí, decí que no sabés nada. No hables de esta carta. Nadie tiene que saber dónde estoy. Y no es por mí, es por él, que ahora duerme pegado a mí y no sabe que te estoy escribiendo. Pero yo te escribo igual y en algún momento podré enviarte esta carta, Marita, para que sepas que no me olvido de tu cumpleaños y que te sigo queriendo igual que siempre porque sos mi amiga del alma. No sé adónde nos lleva este tren, tal vez a ninguna parte. Hace rato que dejamos Buenos Aires, pero no sé adónde vamos.

El último día, dijo Ferroni; de los labios para adentro lo dijo. El último día, repitió, moviendo, ahora, la lengua entre los dientes. El último día, y separó los labios y los estiró, apenas, en un amago de sonrisa. Villa del Carmen y todos sus habitantes se podían ir a la mismísima mierda. O, mejor, quedarse en su propia mierda, porque el que se iba era él. A Buenos Aires se iba; a lo suyo. Volvía con su gente. La chica terminará por darle las cartas; la del cumpleaños o las otras; o todas, mejor. Y después, chau, hasta la vista, hasta nunca, eso, hasta nunca.

Ferroni les dio la última pasada de gamuza a los zapatos y se quedó mirándolos con satisfacción. No estaban tan mal, después de todo; habían resistido el polvo, el barro, el agua, el sol. Los zapatos tenían que ser de buena calidad, no había vuelta que darle. Uno podía gastar menos en ropa, pero no en calzado. Sus zapatos eran de primera. Siempre había preferido tener pocos pares y buenos, que un montón y berretas. Ferroni pensó que quizás era un poco temprano para ir al bar, pero no le importó. Hoy era el cumpleaños de la chica y habían quedado en que ése iba a ser el límite de la espera. Ella misma lo había dicho. Espere hasta mi cumpleaños, había dicho. Bueno, ya está. Hoy es el cumpleaños. Hoy se termina todo. Ya estoy harto de este pueblo de mierda, dijo, ahora, con una mínima vibración de la lengua y apretando labios y dientes.

El sol quemaba de verdad. Lo sintió en la frente y la nuca. Pero corría una brisa suave y engañosa que le quitaba peso al calor y hacía creer que, aun caminando al sol, uno se mantendría fresco todo el tiempo, sin el tormento de los latidos en las sienes y el hormigueo del sudor en el cuero cabelludo y la frente y la nariz. La chica no transpiraba, recordó. Nunca le había visto la cara mojada por el sudor. A la vieja tampoco. Pero me parece que los viejos no transpiran, murmuró. No, los viejos no transpiran, siguió murmurando; los viejos siempre tienen frío. La chica es joven y tendría que transpirar. Lo que pasa es que está siempre metida adentro y el local es fresco. Hay que ver si cuando camina al sol transpira o no transpira, la muy guacha. ¿Por qué tanta soberbia? Ni que fuera una estrella de cine. Todavía llovía cuando llegó. Sola y con el paraguas enorme y negro. No parecía tan grande cuando se fue con la vieja. El paraguas las tapaba a las dos. Las dos abrazadas bajo el paraguas negro. Y cómo llovía. No parecía tan grande el paraguas. Después, sí. Cuando la vio venir sola por el camino, la chica parecía un arbolito negro. Un tronco negro y flaco y una copa ancha y negra. La chica con el paraguas negro y el saco negro y los zapatones. La chica volvía sola. ¿Dónde carajo dejó a la vieja? ¿La habrá acompañado hasta la casa? ¿Por qué la chica de mierda no le respondió cuando él le alabó la comida? Rico, el guiso. Su abuela me dijo que lo hizo usted. Era la primera vez que se quedaba a almorzar; podría haber sido un poco más amable. La muy guacha. Y estaba rico de verdad, picantito. Tanta soberbia. Pero hoy se termina todo, dijo Ferroni, bajito. Se termina, repitió, justo en el momento en que ponía un pie sobre la vereda del bar de la chica.

Ferroni entró al bar, se sentó en el banco de madera, junto a la ventana, apoyó la espalda contra la pared y se secó la transpiración de la cara y el cuello con su pañuelo. Después miró hacia el mostrador y saludó.

—Buenos días —respondió la vieja—. ¿Qué se va a servir?

—Cerveza, como siempre. Y alguna empanadita, si puede ser.

La vieja dijo cómo no y se metió en la cocina. Ferroni miró por la ventana y vio blanca la calle al sol. Blanca la tierra, blanco el aire de la calle. Tanta luz había. Luz blanca como la de los tubos fluorescentes, pensó. Un tubo largo encajado en su soporte de lata, en el techo de la cocina, recordó, con pintitas negras que eran cagadas de mosca. En el techo de la cocina de la casa de Barracas tenía que ser, porque en la cocina de Avellaneda había una lamparita colgando de un cable como afelpado, y era por la grasa y las pelusas que se le adherían, aparte de las moscas, que parecían tener una particular afición por amontonarse en el cable. Luz blanca la de la cocina de

Barracas, como la luz de la calle que ahora está mirando. Luz blanca, también, sobre su mesa de interrogatorios, sobre los cuerpos blancos de luz que él manipulaba, limpios cuerpos sin rastros de sangre, sólo tenues manchas moradas o levemente azuladas, o negras marcas de agujas, agrisadas bajo el efecto de la luz blanca.

—Aquí tiene. La cerveza bien helada y dos empanaditas que acabo de sacar del horno.

—Se agradece. ¿Picantitas?

—Desde luego. Así son más sabrosas. No se vaya a quemar, ¿eh? Mire que están muy calientes.

Puro amabilidad la vieja. De entrada lo trató bien. Nada que ver con la nieta, pensó Ferroni, algo afectado por un sentimiento cercano a la compasión. Debe ser duro vivir con la chica. Tanto vinagre termina agriándole la vida a cualquiera.

—¿La nieta no trabaja, hoy?

—Sí, cómo no va a trabajar. Ha ido al mercado; ya ha de estar volviendo.

—Ah, como es su cumpleaños, pensé que se tomaba el día franco.

—No podemos darnos esos lujos. Hay que trabajar. A la tarde se hará una corridita hasta lo de Natividad a buscar unos dulces que le sabe preparar para su cumpleaños. Ésa será toda la fiesta.

Ferroni volvió a recordar a la vieja del poncho y las trenzas que había visto a través de la ventana. Primero, la vieja sola, inmóvil, como surgida de la misma tierra, mirando hacia el interior del bar; después, la vieja y la chica caminando calle abajo, pegadas una a la otra, el brazo de la chica sobre el hombro de la vieja, las cabezas juntas para que el paraguas las abarcara a las dos.

—Se lleva bien su nieta con esa señora, ¿no?

—No tiene por qué llevarse mal. Le compramos los tamales. Es una buena cocinera. Eso es todo. Si me permite, tengo más empanadas en el horno, no vaya a ser que se me quemen.

—Vaya, vaya, nomás. Atienda lo suyo.

Ahora Ferroni recordaba el papel blanco que la vieja le había entregado a la chica y que después volvió a guardar bajo su poncho. El papel era un sobre, piensa, y sabe que también lo pensó en el momento en que la vieja se lo dio a la chica y después, cuando lo guardó otra vez debajo del poncho. Era una carta. La chica le lee a la vieja las cartas de su hijo. ¿Quién se lo había dicho? ¿La chica o la abuela? La abuela, cree recordar Ferroni. Y también le había dicho que pensaba que la nieta le había llevado las cartas de Matilde Trigo para que se las guardara. ¿Dónde iban a estar más seguras que con una vieja analfabeta? ¿Qué le contaría Matilde Trigo en sus cartas, que tanto afán ponía la chica en esconderlas? Estúpida, casi murmuró Ferroni, mientras masticaba la segunda empanada, estúpida y fea, volvió a casi murmurar y fue como si la hubiese llamado, porque allá abajo —lejos y abajo— la silueta delgada y oscura de la chica empezó a ganar nitidez en neto contraste con el blanco luminoso de la calle de tierra y el cielo sin una sola nube y el aire completamente limpio. Fea y estúpida chica; ¿por qué no se pondrá un vestido claro? ¿Por qué no dejará sus brazos desnudos? Un vestido con breteles y los hombros al aire. Grandes flores rojas de pétalos pintados con pincel. Flores rojas y rosadas, veteadas de blanco. Pinceladas de celeste y azul entre las rosas rojas y rosadas veteadas de blanco. Su madre lo tomaba de las manos y bailaba con él en el patio; después lo soltaba y daba vueltas y vueltas sola, y el vestido de rosas con pinceladas de celeste y azul giraba y se abría, volaban las rosas en pleno revuelo de pétalos y color. Y el rosado y el rojo se mezclaban con el celeste y el azul, pero enseguida se despegaban uno del otro y volvían a ser pétalos rojos y rosados y vetas blancas y pinceladas de celeste y azul, y su madre se reía, los brazos y los hombros desnudos, el vestido con breteles, las rosas suaves, tibias, su madre.

La pollera gris seccionaba las piernas palito de la chica a la altura de las rodillas y Ferroni pensó que el resto oculto debajo de la pollera era idéntico a la parte visible y que la chica lo escondía por vergüenza de tanta insignificancia. Pero su andar era seguro, los pasos largos y firmes y el cuerpo erguido, equilibrado por las dos abultadas bolsas de mercado, una a cada lado, balanceándose mínimamente, adelante, atrás, adelante, atrás, como desproporcionados apéndices de sus brazos. Adelante, atrás, adelante, atrás, va, viene, va. Ahora Ferroni alcanza a ver un mechón de pelo que le cae a un costado de la cara, casi tapándole un ojo. Es un mechón rebelde que ha huido de la prisión de la hebilla que le sujeta el pelo en una cola de caballo, a la altura de la nuca. Quizá le haga cosquillas en la nariz. Quizá ella sople, de tanto en tanto, el mechón para alejarlo de la nariz y el ojo. Quizás haya tenido, en algún momento, la tentación de hacer un alto, dejar las bolsas en el suelo y retornar el mechón rebelde a su cautiverio. Pero faltaba tan poco para llegar, que no valía la pena tomarse la molestia de detener la marcha y desprenderse de las bolsas, aunque fuera por un breve instante, y después volver a recogerlas y proseguir. Sin pensarlo demasiado —sin pensarlo, acaso— la chica habría optado por continuar su camino sin detenerse, adelantándose con el pensamiento al momento de la llegada y disfrutando por anticipado del placer elemental de liberarse de las bolsas y acabar con el cosquilleo del pelo en la nariz y el ojo. Y el sudor; porque su cara tiene que estar mojada y la chica debe tener ganas de secársela con un pañuelo. No puede tener la cara seca con ese sol. Ahora Ferroni repara en las manos de la chica. No las ve en detalle, los dedos huesudos, las uñas cortas, los nudillos filosos. Ve sólo dos muñones adheridos a las bolsas de mercado; pero imagina los dedos huesudos, las uñas cortas, los nudillos filosos. La chica tenía lindas manos. Ferroni pensó que también tendría lindos pies. Lástima que usara zapatos cerrados. Miró los zapatos; parecían mocasines; no eran tan feos como los zapatones. Entrecerró un poco los ojos para enfocar mejor y vio las sandalias de charol y los graciosos dedos con las uñas pintadas de rojo. Rojo y charol refulgían en la calle luminosa. Ahora un pie se veía desnudo y quieto. Y quieto el otro también, pero con la sandalia puesta. Ferroni se preguntó dónde estaría la otra sandalia. Tiene que estar en la cocina, pensó. El chico corrió a la cocina y vio la sandalia debajo de la mesa. La luz blanca del tubo fluorescente diluía el rojo de las baldosas del piso, pero hacía más negro y brillante el charol de la sandalia. El chico se arrodilló para agarrarla, pero al apoyar una mano en el piso, se olvidó de su intención. Ahora el chico se mira la mano. La luz blanca del tubo fluorescente diluye el rojo de la sangre, igual que diluye el rojo de las baldosas. La chica subió a la vereda de losetas grises y Ferroni pudo ver en detalle sus mocasines marrones blanqueados por el polvo. Sus ojos treparon por las flacas piernas y se detuvieron en las manos; ya no eran dos muñones que se continuaban en las bolsas de mercado. Ahora se veían claramente dos manos nerviosas que sostenían las bolsas con cierta agitación contenida, sólo manifiesta por un leve movimiento de los nudillos. La chica lo había visto. Quizás unos cincuenta metros antes de llegar a la vereda o más, tal vez, ella había distinguido su silueta a través de la ventana. Ahora tenía que entrar y enfrentarlo. El plazo había terminado. Era hora de poner las cartas sobre la mesa. Ferroni tomó de un trago el medio vaso de cerveza que le quedaba y apoyó la cabeza contra la pared.

—Feliz cumpleaños —dijo, ni bien la chica entró al bar.

Tenía la cara seca. Ni una gota de sudor. El mechón de pelo rozándole la mejilla. La chica no contestó y siguió caminando hacia el fondo. Ferroni la siguió con la mirada, hasta que se metió en la cocina y no la vio más. Estúpida, dijo, bajito. Para lo que le va a servir el orgullo, pensó, mientras encendía un cigarrillo.

La chica reapareció. Se había puesto el delantal azul y apretaba la bandeja de garras de león con las dos manos.

—Otra cerveza, por favor —pidió Ferroni.

La chica no dijo nada. Solamente sacó una botella de la heladera y la llevó a la mesa.

—¿Le escribió su amiga?

—Todavía no. A lo mejor mañana…

—Pero su cumpleaños es hoy.

—¿Y qué? ¿No puede llegar después la carta? —dijo ella, fastidiada, levantando el tono de voz.

—Deme las cartas y no la molesto más.

—Esas cartas a usted no le sirven. Ya se lo dije. Si quiere esperar la otra, espere. Pero va a ser mejor que busque a la Matilde en Buenos Aires. Acá no va a encontrar nada —dijo ella con el mismo tono de voz alto, firme, lleno de desprecio. Después se fue; dejó la bandeja en el mostrador y se metió en la cocina.

La chica lo había desafiado. Quedó clarísimo que no tenía la menor intención de darle las cartas, ni las viejas ni la del cumpleaños, suponiendo que la recibiera. Y no fue sólo por lo que dijo, sino por la forma en que lo dijo, el tono de voz, la cabeza en alto, la mirada durísima, más dura que la piedra misma que conformaba su esencia. María Valdivieso había hecho su última jugada. Ahora le tocaba jugar a él y ya estaba vislumbrando su próximo movimiento. Terminó la segunda cerveza, se acercó al mostrador, dejó el dinero, golpeó dos veces con los nudillos para avisar que se iba y se fue.

No puedo dejar de pensar en mi hermano, ni un solo momento puedo dejar de pensar en él. Al Luchito se lo llevaron, Marita. A él y a la novia, porque estaban juntos en la casa y el José Luis y yo habíamos ido a una reunión con los compañeros del sindicato, en Ezeiza, y cuando volvimos era muy tarde y al llegar a la esquina vimos tres autos parados enfrente de la casa y vimos cómo los sacaban al Luchito y a la novia y los metían a cada uno en un auto, con capuchas en la cabeza, y el José Luis me tapó la boca con la mano para que no gritara y me tiró al suelo y me empujó debajo de un camión viejo que está siempre ahí y eso fue lo que nos salvó, porque los milicos no nos vieron. No pudimos volver a la casa. Desde ese día que estamos escapando. Unos amigos nos ayudaron y mandaron a alguien a la casa para ver si se podía rescatar algo, la ropa aunque más no fuera. Pero no, qué iban a rescatar si se llevaron todo, negrita. La casa estaba vacía, como si allí no hubiera vivido nadie. Y fijate, yo pensé en tus cartas, Marita de mi corazón, tus cartas que el José Luis un día me hizo romper una por una y tirarlas a la basura porque decía que era peligroso, que mejor no tener nada que pudiera comprometer a otra persona. Y yo le hice caso y las rompí. Y lloré como una loca, pero las rompí igual. Tus cartas, negrita, tus cartas que tanto bien me hacían y que yo leía cuando me ponía triste y se me daba por extrañar. Me hubieras visto en esos días; sacaba la caja del ropero, cerraba los ojos y agarraba una cualquiera y la leía y se me iba la tristeza, porque sentía que no estabas lejos, que estabas ahí, encerradita en el papel, con tus empanadas y los tamales de doña Nativa y el olor del aire de nuestro pueblo y el recuerdo de mi mamita y el Luchito y yo tomaditos de la mano cuando éramos dos changuitos y nos íbamos a la escuela y recién nos soltábamos al llegar, porque la mamita decía vayan de la mano y no se suelten, como dos buenos hermanitos. Pensé en tus cartas, negrita, pienso en tus cartas que ahora son un recuerdo más, pienso en mi hermano y tengo ganas de morirme, y si no fuera por mi hijito, que se mueve y se me acomoda adentro del viente, y también por el José Luis, que lo quiero tanto, no sé qué sería de mí, hermana.

Cuando salió del restaurante donde solía almorzar, Ferroni se percató de que había comido y bebido demasiado. Lo supo ni bien el sol lo golpeó en la frente y empezaron a latirle las sienes. Se culpó por no haber sido más prudente; si ya sabía, antes de comer, que no iba a dormir la siesta, ¿por qué tenía que comer tanto? No le opuso ninguna resistencia al chanchito en olla que le ofreció la dueña del local, como plato exclusivo de la casa, ni a las dos jarras de sangría recién hechita, señor, pruebelá, va a ver qué dulzona. Fresca y dulce la sangría y él se había vaciado las dos jarras. Y ahora el sol lo hundía en la tierra. Y no podía dormir la siesta. Cómo deseaba dormir la siesta. Pero si perdía esta oportunidad, jamás conseguiría las cartas. Lo habían dicho los ojos de la chica, más que su voz; y su manera de pararse y encararlo. Nunca, nunca, decían sus ojos. Y Ferroni comprendía el lenguaje de los ojos. Nunca, nunca. Ahora él sabía lo que debía hacer. No es que antes no lo supiera, sino que ahora tenía la oportunidad de actuar. Antes, todo consistía en esperar. Él pasaba por el bar, la estudiaba un poco a la chica, intentaba sacarle algo a la abuela y seguía esperando que llegara la carta de Matilde Trigo. Pero ahora sabía que la carta no llegaría nunca. O si no, la carta ya había llegado, pero la chica jamás se la iba a dar. Nunca, habían dicho sus ojos, y él lo entendió.

Ahora la chica corría las cortinas de cuadritos y cerraba la puerta de entrada; la vereda de losetas grises se veía mojada; seguramente la había baldeado. Ferroni se imaginó el local en penumbra, con las sillas patas para arriba colocadas sobre las mesas; el piso húmedo, la bandeja de las garras de león sobre el mostrador y el trapo rejilla extendido encima, el ronroneo del motor de la heladera. Seguro que la vieja ya se acostó, pensó; la chica debe estar por salir. Y más vale que saliera rápido, porque el sol lo estaba matando. Esa esquina sin ochava donde se había parado (ninguna esquina tiene ochava, recordó) era el único lugar que le permitía controlar la entrada del bar sin ser visto por la chica; pero ni un centímetro de sombra había. Sentía todo el sol encima; en la cabeza, más que nada —en la frente y las sienes— y pesadez en los párpados, aunque eso seguro que era por la sangría. Agua tendría que haber tomado, se reprochó. Si ya sabía que no iba a dormir la siesta. Dulzona la sangría, había dicho la mujer, y él se había dejado tentar. Dulzona la sangría, y se bajó las dos jarras. Qué ocurrencia la chica, salir a la hora de la siesta. Ni un alma en la calle. Mejor, si alguien lo viera parado en esa esquina, quién sabe qué sospecharía. La chica tiene que salir en cualquier momento. Cuando él vea que se abre la puerta, se tira para atrás y se pega a la pared. Y cuando ella empiece a bajar por la calle ya no habrá peligro de que lo vea, a menos que se dé vuelta; pero, ¿para qué se iba a dar vuelta? La puerta del bar se abrió y la silueta delgada de la chica se iluminó con el sol, recortándose, limpia, contra el fondo oscuro del interior. Ferroni dejó de mirar; se pegó a la pared y esperó. Contó hasta treinta; se dijo que era tiempo suficiente para que la chica llegara a la esquina y empezara a bajar por la calle de tierra. Cuando miró otra vez, ya casi estaba en la esquina. Entonces dejó su escondite y empezó a caminar despacio. La chica caminaba ligero. Debía ser muy cuidadoso; no había muchos lugares para esconderse. Los árboles de las veredas, las casas y las veredas mismas empezaban a ralear unos metros más adelante. En el horizonte sólo se distinguían los tonos grises, verdosos, marrones de las montañas o los cerros, más claros y luminosos cuanto más se acercaban al celeste del cielo. Ferroni se preguntó cómo haría para esconderse cuando llegaran a ese tramo donde no se veía más que tierra, piedras, luz.

La chica caminaba con pasos largos; no corría, pero su marcha era rápida, como si no hiciera calor, como si el sol no la empujara hacia abajo y no le oprimiera el cráneo y las sienes. Tenía la cara seca, recordó Ferroni. El mechón de pelo rozándole la mejilla. Ni una gota de sudor en la cara; él se había fijado bien. La chica iba erguida, algo rígida la espalda, la cabeza levantada, desafiando el sol y el aire, urgida por esa necesidad de mostrar su arrogancia, incluso ante la misma soledad.

Ferroni se preguntó, ahora, qué le diría si ella lo descubriese, si de golpe se diera vuelta y se encontrara cara a cara con él; qué podría decirle que resultara creíble. Pero no se puso a buscar una respuesta. La sombra pobre de un árbol lo tentó y lo hizo detenerse y buscar su pañuelo y secarse el sudor de la frente y el cuello, sin pensar en nada que lo apartara de lo meramente inmediato: el calor y su cuerpo. No podía abstraerse de su cuerpo atormentado por el calor y la transpiración. Guardó su pañuelo húmedo en el bolsillo trasero del pantalón y tanteó el delantero para cerciorarse de que el otro pañuelo —aún limpio— efectivamente se encontraba allí. Apoyado en el árbol, Ferroni vio la silueta de la chica como una figurita pegada sobre un fondo de tierra y piedras. La chica se había inmovilizado contra el horizonte. ¿Por qué no se movía? O quizá se movía, pero él no lo notaba. Tiene que avanzar, tiene que estar avanzando y no me doy cuenta. Espero hasta estar seguro de que sigue caminando. Me quedo quieto, no me muevo y la veo moverse, avanzar. Ahora avanza; ahora está más lejos. La figurita se despegó del horizonte. A Ferroni no le importó que se alejara; la alcanzaría rápido; no podía perderla de vista. Ahora, si ella llegara a descubrirlo, él la enfrentaría y le diría, simplemente, quiero las cartas. Y al pensar esto, Ferroni advirtió que estaba respondiendo a la pregunta que se había hecho momentos antes y que había dejado sin responder. Así estaba bien. Le diría la verdad. ¿Para qué perder tiempo inventando una respuesta estúpida? Quiero las cartas. La sigo para que me dé las cartas. Sé que las tiene la vieja. Pero se acabó. Ahora me las da, así terminamos de una vez. La silueta de la chica se había aplastado ligeramente. ¿Estaría muy lejos? ¿O quizá la calle seguía bajando y la diferencia de altura entre la chica y su punto de observación era la única causa de esa alteración de la imagen? Él estaba más arriba, levemente más arriba. La calle bajaba un poco más y la chica se acercaba al final de la cuesta a largos pasos. Ahora le tocaba a él. Dejó la sombra del árbol y retomó la calle que descendía suavemente hacia la silueta de la chica sobre un fondo de piedras. Caminó rápido, tratando de abstraerse del calor y de su cuerpo. Contó hasta cien. La chica seguía caminando erguida, la cabeza en alto, rígida la espalda. Ahora el camino era una línea recta, perpendicular al horizonte de tierra y piedras. Ferroni se secó el sudor de la cara con las mangas de su camisa; primero una, después la otra. No se le ocurrió usar el pañuelo que llevaba en el bolsillo delantero del pantalón, aún limpio de tierra y sudor. Empezó a contar otra vez. Llegar a cien significaba ayudar a que pasara el tiempo sin que se notara tanto su peso. Contar hasta cien era como escaparse exiguamente de la realidad que mordía su cuerpo: el calor, el sudor, el cansancio. Y no por exigua era menos eficaz la escapada. A él le servía, le permitía un olvido insustancial, apenas suficiente como para seguir adelante sin desesperarse. Llegó a cien y volvió a empezar. La chica ya no avanzaba en línea recta, había girado a la derecha; tomaba por un camino ascendente. La chica subía una cuesta y su paso se hacía más lento; largo y lento. Ferroni llegó hasta cien. Se detuvo. Se desabrochó un botón de la camisa, sacó el pañuelo seco y limpio del bolsillo delantero del pantalón y se lo refregó por la cara, el cuello y el pecho. Se quedó mirando a la chica, que seguía subiendo a paso lento, largo y regular. Tenía la cara seca, dijo. Volvió a refregarse la frente con el pañuelo, después lo dobló cuidadosamente y lo guardó en el mismo bolsillo. Empezó a caminar.

Mazapán, pan, pan, mazapán, mazapán. Para su mesa navideña, mazapán, pan, pan. Nunca le preguntó a la Matilde si en Buenos Aires se comía mucho mazapán. ¿Conocerá el mazapán la Matilde? ¿Comerán mazapán todos los días los porteños? ¿O solamente para Navidad? Si pudiera mandarle una carta a la Matilde, le pediría que averiguara cómo se hace el mazapán. A lo mejor es fácil de hacer, y sabroso, entonces lo prepararía para su comedor. Miércoles y viernes, mazapán. Al principio nadie lo iba a comer. Por desconfiados, nomás. Pero ella les iba a dar un poco para que probaran. Y con el tiempo, todos pedirían mazapán. Y hasta vendría gente de otros lugares a probar su mazapán. Entonces iba a tener que hacerlo más seguido, porque los que venían de otras partes no sabían que ella cocinaba mazapán los miércoles y viernes, y si venían de lejos nada más que para comer su mazapán y no lo encontraban, no iban a venir nunca más y eso no era bueno para su comedor, que tenía fama de buena comida y de que a la gente se la trataba bien. Mazapán todos los días, tenía que decir el cartel, o todos los días mazapán. Y la gente lo comería y se iría contenta y todos volverían para comer más mazapán, pan, pan. Pero el porteño, no. Porque el porteño, ni bien lo probara, iba a decir picantito, ¿eh? Y a ella le iban a dar ganas de tirarle el mazapán en la cara y decirle no se dice picantito, se dice picante, picante, porteño mentiroso, el mazapán es picante, no picantito. ¿Será picante el mazapán? No importa si no es, ella igual le puede poner ají para que quede más sabroso. Pero si en Buenos Aires no se come picante y ella le pone ají y el porteño pide mazapán para comer con la cerveza, seguro que le va a decir en Buenos Aires no es picantito, ¿eh? Entonces ella le diría vaya a comer el mazapán a Buenos Aires, váyase de una vez y no vuelva nunca más, porteño mentiroso, deje en paz a la Matilde y su guagua y el José Luis que quién sabe dónde andarán ahora y ojalá que estén muy lejos para que usted nunca los encuentre. Pero no, eso no se lo puede decir, porque entonces él se va a dar cuenta de que ella sabe y no se va a ir y la va a obligar a darle la carta. Mejor no decirle nada. Que se canse de esperar y se vaya. Mejor quemar las cartas de la Matilde. Tiene razón doña Nativita. Quemá las cartas, Marita, quemalas todas, que así el porteño nunca las va a tener. Sí, doña Nativita, le había dicho ella, y usted me va a ayudar; pero ahora no, que hay trabajo en el comedor y la dejé a mi abuela sola. ¿Querés que te las queme yo, m'hijita? No, no, doña Nativita, que las quiero leer una vez más. Unita sola y las quemo. Para mi cumpleaños, ¿sabe?, cuando venga a buscar el dulce de cayote. Les doy una leidita, nomás, y después las quemamos. Empanaditas de cayote para su cumpleaños, aunque no iba a tener tiempo de prepararlas; mejor dejarlas para mañana. Empanaditas blancas, corazón de cayote. Amarillo el cayote, doradito como el sol. Cuando llegue al rancho de Natividad, lo primero que hará será probar el dulce de cayote. Gracias, doña Nativita, siempre tan buena usted. Con lo que me gusta el cayote. Mañana, bien temprano, me pongo a amasar las empanaditas. Ya le voy a traer, que no me olvido de usted. Pero ahora déjeme comer un poquito, con lo que me gusta. Y después, las cartas. Demelás, doña Nativita, que las quiero leer. Va a ser como una despedida, ¿entiende? Pero mirá que sos zonza, le va a decir ella; la Matilde ya ha de estar segura en algún lugar, con su guagua y el José Luis. Y ella dirá sí, claro que sí, pero los ojos se le pondrán brillantes y el claro que sí le saldrá quebrado y Natividad se dará cuenta y le dirá otra vez pero mirá que sos zonza, entonces ella se pondrá a llorar y así dejará de sentir esa piedra que le cierra la garganta y le hace doler los oídos. Sabe qué pasa, doña Nativita, le va a decir, que la Matilde es mi única amiga, es como si fuera mi hermana, y desde el otro día que ando pensando que a lo mejor no la veo más. Pero mirá que sos zonza, le va a decir otra vez. Y ella se va a llevar las cartas hasta el árbol de la Loba y las va a leer por última vez y va a llorar todo lo que tenga ganas y después va a volver al rancho y le va a decir a Natividad, ya está, doña Nativita, ya las leí, ahora va a ser mejor que las quememos, ¿no le parece?

Es noche cerrada y todos duermen en este vagón. Yo también voy a dormir. Me estoy apurando para terminar esta carta. No quiero que el José Luis se despierte y me vea escribiendo. Mil veces me dijo que era peligroso que te escribiera. Pero yo tuve una buena idea…

La chica caminaba despacio y sin detenerse. Daba la impresión de que sabía con exactitud a qué ritmo debía caminar, cuántos segundos tenía que dedicarle a cada paso para avanzar sin cansarse, sin transpirar, sin que le latieran las sienes, la frente, los párpados. El sol no la afectaba. Subía la cuesta, pausada y erguida, apenas inclinada hacia adelante por un natural requerimiento del terreno. No sentía la necesidad de apoyarse contra un árbol para secarse el sudor de la cara y el cuello. No jadeaba. Seguro que no jadeaba. No le falta el aire, pensó Ferroni, no le duelen las piernas, no la aplasta el sol. Tenía la cara seca, la muy guacha.

La chica seguía subiendo, pero Ferroni no creyó que la cuesta se prolongara mucho más. Un horizonte de cielo no muy lejano parecía ponerle un límite a la subida. De golpe, a Ferroni se le ocurrió trazar en el aire una especie de plano con el camino recorrido desde que la chica salió del bar y él abandonó el escondite de la esquina sin ochava. Le pareció que se iba a sentir más seguro si podía hacerse una representación gráfica del camino. Sospechó que tal vez eso no tuviera ningún sentido, pero no le importó. A ver, se dijo, caminamos por la calle del bar hasta una esquina y doblamos. ¿Y eso cuántas cuadras significa? ¿Una, dos, tres cuadras? Imposible saberlo. No hay cuadras. O sí; algunas. Si hay esquinas, hay cuadras. Si hay cuadras, hay manzanas; aunque a veces es puro campo y no hay manzanas ni cuadras ni esquinas. Después bajamos por una calle; o mejor, por un camino. No era un camino con cuadras; camino, nada más. Después doblamos por otro camino, ¿a la derecha? Sí, a la derecha y empezamos a subir la cuesta; esta cuesta que todavía no termina. Ya está, ya tengo el plano, murmuró. Y enseguida, está incompleto; le falta el tiempo. Un plano no tiene tiempo, se corrigió. Un plano normal, no. Pero éste sí. Un plano como éste, sin tiempo, no quiere decir nada. ¿Qué significa caminar por una calle, bajar por un camino, doblar y subir por otro? No significa nada porque se ve siempre lo mismo: cielo, tierra, piedras, montañas, yuyos, algún árbol, alguna casa. Cuando uno camina en Buenos Aires, camina por calles que tienen nombres y números y que se cruzan con otras calles que también tienen nombres y números y que a su vez se cruzan con otras calles que tienen nombres y números, y cada calle es distinta de las demás. Entonces un plano de Buenos Aires no necesita tiempo ni nada que no sean sus calles. Y además de las calles están los barrios. En Buenos Aires uno siempre sabe dónde está. Ferroni miró su reloj: las tres y media. ¿A qué hora había dejado la esquina sin ochava? ¿A las tres? ¿A las dos y media? No lo recordaba. Es más, ni siquiera recordaba haber mirado el reloj cuando la chica salió del bar, o antes. Pero aunque no lo hubiera mirado, igualmente podía intentar, ahora, hacer un cálculo bastante aproximado. A ver, salí de almorzar y caminé un rato. ¿Cuánto es un rato en este pueblo de mierda? ¿Quince minutos? ¿Una hora? Después me escondí en la esquina. ¿Cuánto esperé hasta que salió la chica? Pero ni bien terminó de formularse esta pregunta, Ferroni se dio cuenta de que había pensado esquina sin el agregado de sin ochava y le pareció bien, porque ninguna esquina tenía ochava en ese pueblo de mierda, entonces, ¿para qué pensar esquina sin ochava si eran todas iguales? Está bien, esquina a secas. Y retomó la pregunta que se había hecho antes de darse cuenta de que había pensado esquina sin el agregado de sin ochava, o sea, ¿cuánto esperé hasta que salió la chica? Y siguió preguntándose, ¿cuánto tiempo caminé? ¿Cuánto hace que camino al sol? ¿Cuánto más va a caminar la chica imbécil, siempre al mismo paso lento y firme, sin derretirse bajo el sol? Este plano sin tiempo no sirve, dijo, y se sorprendió al oír su voz. Este plano sin tiempo no sirve, dijo otra vez para asegurarse de que era su voz y no otra la que había escuchado. Este plano sin tiempo no sirve, repitió por última vez; se daba cuenta de que era absurdo dudar de su propia voz.

Ferroni miró sus zapatos blancos de polvo y los supo ásperos, secos. Se preguntó de qué le serviría un plano con tiempo si el tiempo era lo que menos importaba desde que llegó a Villa del Carmen. Ya casi no miraba el reloj. Para qué, si siempre era más temprano de lo que suponía. Los minutos se estiraban inexplicablemente. Todo podía prolongarse, el almuerzo, la sobremesa, la siesta. ¿Cuántos días hacía que había llegado de Buenos Aires? ¿Seis días, siete? No más de una semana, seguramente, y sin embargo tenía la sensación de estar allí desde hacía meses. Meses, meses, meses repitió y se apoyó contra un árbol y se limpió los zapatos en el pantalón y sacó el pañuelo del bolsillo trasero y se lo pasó por la frente, el cuello, la nuca. La chica ya no se veía. Un horizonte verde y azul era el punto más lejano. Ferroni dejó el árbol y caminó hacia ese punto. No había otros árboles cercanos como para esconderse si hiciera falta. No había nada demasiado cerca para esconderse. La figura delgada y oscura de la chica surgió más adelante. Sus pasos eran largos y rápidos. El camino ya no ascendía. Ahora se avanzaba en línea recta. Ferroni se arrodilló y dejó que la chica siguiera andando. Una distancia mayor entre los dos era más prudente. No había forma de perderla. La vieja de los tamales debía vivir en pleno campo o monte o sierra o cerro o como se llamara ese lugar triste y desolado. La vieja en medio de esa nada. Y la chica yendo a buscar los tamales y a leerle las cartas del hijo. Ahora la chica era una mancha oscura y palpitante contra el cielo celeste. Ferroni se incorporó y ese solo esfuerzo le provocó un derrame violento de sudor en la frente y la nuca. La mancha de la chica parecía hundirse en la tierra. Está bajando, dijo Ferroni en voz alta. Ahora el camino baja, dijo, y enseguida quiso sacar la cuenta de las veces que había subido y bajado desde que dejó la esquina sin ochava para seguir a la chica. Pensó esquina sin ochava y volvió a recordar que ninguna esquina tenía ochava y que en algún momento había pensado esquina a secas y que eso lo había llevado a suponer que de ahí en más dejaría de pensar esquina sin ochava. Pero no. Al parecer, se había equivocado. Ninguna esquina tiene ochava, dijo. Y después: mejor sacar la cuenta de las veces que subí y bajé desde que dejé la esquina. Esquina a secas. A ver, la primera cuadra, la del bar, en subida. ¿Era una cuadra? ¿Eran dos cuadras? No importa. Supongamos que era una sola. Entonces, la primera cuadra, la del bar, en subida. No, en bajada, claro. Después, la subida. No; entre subida y bajada había un camino recto. Las subidas y las bajadas no iban juntas. ¿Camino recto? Se debe decir de otra manera, seguramente. Porque cuando uno sube, el camino también es recto; y cuando baja, igual. Si no dobla, es recto. ¿Cómo se dice, entonces, cuando no sube, ni baja, ni dobla? No importa cómo se dice, dijo; total, no sirve. Un plano sin tiempo en este lugar de mierda no sirve. Acá lo que importa es el tiempo, que no pasa nunca. ¿O es lo que menos importa? Uno camina, va de un lado a otro y siempre es la misma hora. No voy a mirar el reloj, dijo, bajando la voz, deben ser las tres y media, como hace un rato.

La mancha de la chica seguía hundiéndose y de golpe desapareció. Ferroni caminó más rápido y llegó a un punto donde el terreno bajaba en una pendiente bastante abrupta. La chica corría con los brazos extendidos; más abajo se veía una hilera de árboles de copa amarilla, iguales a los que Ferroni había visto en la callecita y que le resultaban familiares porque los conocía de Buenos Aires. La chica corría hacia el amarillo de los árboles y parecía que iba a estrellarse entre las copas florecidas. Ferroni se agachó y se quedó mirándola. Ahora la chica estaba abajo, junto a un árbol, quieta. De repente se abrazó al tronco y se quedó así, rodeándolo con sus brazos como si el árbol fuera una persona. Está loca, pensó Ferroni, y la vieja de los tamales debe estar tan loca como ella, por eso se entenderán las dos. La chica se desprendió del árbol y siguió caminando. Ferroni ya no la veía. Espero un poco y bajo, pensó. Espero un poco y me escondo detrás de los árboles. Unos minutos espero, y sin mirar el reloj. Seguro que todavía son las tres y media.

—¿Tiene agüita de canela, doña Nativita? El dulce de cayote me dio sed.

—Cómo no voy a tener, m'hija. Y con pelones, más.

Arrugadito el pelón en el fondo del vaso. Dos astillas de canela suben flup, flup hasta la superficie flup, flup y ahí se quedan, que más no pueden subir. Una burbuja inflona se pega al borde del vaso y pierde su entera redondez; ahora tiene un costado chato, que es la parte que se le arrimó al vaso. Flotan las astillitas flap, flap y parece que una anda con ganas de pinchar a la burbuja y se le acerca, pero no la alcanza, quietecita flota a su lado, meciéndose apenas flap, flap, un alguito temblorosa en la superficie dorada del agua de canela. Aunque no es dorada el agua de canela, si casi no tiene color. Es el pelón en el fondo del vaso el que hace doradita el agua. Engañador, el pelón. Y la burbuja también es dorada, pero con un punto blanco de luz que solamente es de la burbuja; el pelón no le manda el punto blanco de luz; le manda el dorado, nada más. Todas las burbujas tienen un punto blanco de luz y eso les da brillo y las hace más redondas. No importa si se doran con el amarillo del pelón; el punto de luz es lo que cuenta. Si la astilla de canela pincha el punto de luz, la burbuja se apaga, se rompe, desaparece; no queda nada de la burbuja. O a lo mejor, sí, porque el punto de luz tiene que explotar con el pinchazo y toda esa explosión de luz se desparrama en el agua de canela. Y ahí queda, en el agua. La luz queda en el agua. Y me la tomo.

—¿No querés el peloncito?

—No, doña Nativita, gracias. Comí mucho dulce. No tengo ganas.

—Me lo comeré yo, entonces.

Dulzón el pelón, dulzón, dulzón. Dulzón y arrugado y carozudo. Puro carozo, el pelón. Puro chupar el carozo, más que comer su carne tierna. Carne tierna del pelón y poca. Puro carozo, el pelón.

—Acá las tenés, m'hija. Cuando vos digas, te ayudo a quemarlas.

—No se preocupe, doña Nativita, las puedo quemar yo sola. Usted vaya a dormir, que está cansada. Además, antes de quemarlas las voy a leer otra vez.

—Como vos digas. Yo me echo un ratito, nomás, así me desacalambro. En cuanto se me pongan los huesos en su lugar, te doy una manito.

—Vaya, pues.

Tanto leer esas cartas, Marita. Como si la fueras a traer a la Matilde a Villa del Carmen, sólo con sacar la carta del sobre y empezar a leerla. *Marita de mi corazón, vieras lo grande y bonita que es esta ciudad. ¿Qué esperás, hermana, para venir…?*

¿Y si te hubieras ido, Marita? Nunca quisiste salir de Villa del Carmen, y eso que la Matilde insistió tanto para que te fueras con ella.

Éste es mi lugar, ¿qué haría yo en Buenos Aires? Eso no es para mí.

Tu madre se fue, Marita.

Sí, pero me trajo. Mi mamá eligió este lugar para mí. Ella no quiso que yo me quedara en Buenos Aires, por eso me trajo. Y ella también quería quedarse, pero mi abuela no la dejó. Mi mamá me trajo a Villa del Carmen para que yo echara mis raíces aquí. Eso es lo que quiso mi mamá.

¿Te hubieras ido, Marita? Con la Matilde, con tu amiga de toda la vida.

No, éste es mi lugar.

A enamorarte, Marita, como la Matilde. A saber lo que es un hombre.

Me gustan sus manos, me gustan sus manos que me tocan, sus dedos que se hunden en mi carne, como yo no sabía que podían hundirse y apretar y rozar y acariciar y clavarse…

¿Te hubieras ido, Marita?

La Matilde encontró un hombre bueno, que quiere a su guagua. La Matilde no está sola. Y si se quedaba sola y venía con su hijito, nadie la iba a echar. Conmigo se quedaba, pues; y mi abuela, calladita la boca; que desde que me mató a la Loba para mí es como si se hubiera muerto y ya no me importa nada de ella, si habla o no habla, si da órdenes, si se queja; nada me importa. Puro yuyo amargo mi abuela, mala raíz, mala entraña.

¿Te hubieras ido, Marita?

Además aquí tengo mi casa. Que es de mi abuela, y de mi mamá, claro, si volviera. Pero también es mía. Y el comedor, que puedo manejarlo harto bien yo sola. ¿A qué me voy a ir, pues?

La Matilde se fue.

La Matilde no tenía a nadie. La madre se le murió y el Luchito se fue a vivir a Buenos Aires. La Matilde quería irse; yo no.

Y quería enamorarse. Eso quería.

¿Y qué? ¿Acaso está mal?

¿Por qué va a estar mal? Vos también tendrías que enamorarte.

¿Para qué?

Pienso en él, pienso en él, pienso en él. Todo el tiempo, hermana, desde que me levanto, mientras viajo en el tren, cuando estoy trabajando en la casa de mi patrona. No hace falta ni que cierre los ojos. Tengo su cara delante de la mía, veo sus ojos del color de las uvas de marzo que no dejan de mirarme, que buscan mis ojos y por ahí se me meten bien adentro, hasta el alma, negrita. Si pudiera contarte cómo me mira el José Luis entenderías por qué me he vuelto tan zonza, por qué no dejo de pensar en él. No sé decirlo, hermana, pero cuando me mira es como si me tocara, ¿entendés? Me toca con los ojos, siento sus dedos en todo mi cuerpo y nada más me está mirando. Así empieza todo apenas nos encontramos, a las cinco de la tarde, cuando salgo de trabajar. Nos miramos y empiezo a sentir el calor de sus manos antes de que me toque. Después caminamos y me agarra de la mano y ahí me da como un temblor y después me acaricia el brazo y me pasa la mano por la cintura y no la deja quieta, no, la mueve despacito, un dedo, otro dedo, aprieta un poquito, suave, suave, sube por la espalda, baja y se me aflojan las piernas y el corazón me late más fuerte, y me da vergüenza porque me parece que él se va a dar cuenta y va a pensar que me tiene a sus pies, entonces no hablo y no lo miro para que no vea en mis ojos lo que estoy pensando, porque me moriría de vergüenza, Marita, porque siento su mano que sube y baja por mi espalda y me acaricia la cintura y él que también dejó de hablar y tampoco me mira y ya sé lo que sigue porque es lo que estoy esperando, desde la mañana, desde que me levanto y por eso no quiero que me mire, para que no vea que me muero de ganas de que me toque y me bese y me apriete, porque lo hace así, hermana, cuando dejamos de hablar y empezamos a caminar más despacio y su mano me agarra fuerte la cintura y su cabeza se va acercando a la mía y su boca busca mi boca y me empuja despacio contra la pared y sus manos son dos arañas y siento el calor de su cuerpo que se hunde en el mío. Entonces ya no me importa nada, porque no hay nada aparte del José Luis y yo y el ruido de los trenes que pasan por arriba, porque estamos contra un paredón, ¿sabés?, y arriba hay un puente por donde pasan los trenes y no hay gente por ahí, por eso vamos.

La sombra de los árboles de flores amarillas le permitió respirar. Bajó la cuesta casi corriendo, de tan empinada que era. Lo único que le faltaba, después de esa caminata interminable, con ese calor asqueroso y todo lo que había comido y las dos jarras de sangría. Sacó el pañuelo sucio y húmedo del bolsillo trasero del pantalón y se lo refregó por la cara y el cuello. La chica había desaparecido.

Más adelante, a unos cien metros, se veía una casucha; seguramente ahí vivía la vieja. ¿Cien metros?, se preguntó Ferroni. ¿Quién dijo que desde los árboles hasta la casucha hay cien metros? ¿Cómo saber que hay cien metros y no cincuenta o doscientos? Cien metros son una cuadra. En Buenos Aires uno calcula así, una cuadra más allá, a dos cuadras de distancia. En el diario uno puede leer: el disparo fue efectuado a unos cincuenta metros de distancia; entonces uno enseguida hace la relación cincuenta metros, media cuadra. Pero uno vive en una ciudad y sabe lo que es media cuadra, lo tiene metido bien adentro. Cincuenta metros, media cuadra. Cien metros, una cuadra. Y cuando uno lee en el diario el disparo se efectuó desde una distancia de cincuenta metros, sabe que el tipo que disparó estaba a media cuadra de la víctima. El terraplén estaba a cien metros de la puerta doble de madera. El terraplén estaba en la otra cuadra. Una mancha verde: la planta de campanillas que colgaba del terraplén. ¿Se veían las campanillas azules desde la puerta doble de madera, a cien metros de distancia? Se veía una mancha verde, pero uno sabía que las campanillas estaban ahí y entonces era como si las viese. Y la puerta doble de madera está cerrada y es mejor que esté cerrada. Ferroni no quiere abrirla porque si la abre, los gritos se oirán más fuerte. Así, los gritos son como un susurro y no molestan y el chico puede seguir jugando en la vereda con sus autitos. Pero ahora el chico levanta la cabeza y Ferroni ve a cien metros de distancia, sobre la mancha verde del terraplén, la cara destrozada de la chica que el cabo Garibaldi le trajo para interrogar. Pero no, si no es la chica. Eso ya lo aclaré antes, dijo Ferroni, fastidiado. La chica que me trajo el cabo no estaba tan golpeada, la recuerdo bien. Fue la única vez que tuve que pedir que me bañaran a un detenido. La chica era un asco de sangre, pero Garibaldi la bañó y me la trajo otra vez; limpia y mojada me la trajo. Caminando me la trajo. Y la chica de la cara destrozada no habría podido caminar ni dos pasos. Que el chico mire otra vez la mancha verde del terraplén, dijo Ferroni, autoritario. Y el chico miró y no vio nada. Ferroni se preguntó quién sería la chica de la cara destrozada.

Ahora Ferroni mira la casucha de la vieja y se pregunta qué será mejor, si acercarse y directamente encarar a la chica, o esperar un poco más a ver qué pasa. No lo pensó demasiado; se dijo que lo más conveniente iba a ser esperar un poco, que si había algo que sobraba en Villa del Carmen era el tiempo y que no iba a perder nada si aguardaba el siguiente paso de la chica. Se estaba bien bajo la sombra de esos árboles. De vez en cuando caía una flor amarilla y él se quedaba mirándola hasta que llegaba al suelo. Lenta caía. Flotando en el aire. La chica debe estar charlando con la vieja, pensó Ferroni; descansa un rato, charla, la vieja le da el dulce, se va, me acerco, le pido las cartas. Si no me las quiere dar, le digo que voy a entrar a la casa de la vieja y la voy a obligar a que me las dé. Mirá que te estoy teniendo paciencia, negra de mierda; ¿qué te creés que sos? Tanta soberbia, pendeja imbécil. Demasiada paciencia te estoy teniendo; si sospecharas nada más que la décima parte de lo que te puedo llegar a hacer, ya habrías largado esas putas cartas hace rato. Pero me las vas a dar y me las voy a llevar a Buenos Aires. Que haga lo que se le cante mi superior con las putísimas cartas. Yo cumplo. Si sirven, bien; si no, me da lo mismo. Yo me voy. A la mierda, Villa del Carmen. Se terminó. No me agarran más para estas pelotudeces. Si quieren un mucamo para los mandados, que se busquen a otro.

Sobra el silencio. Una flor amarilla empezó a caer y Ferroni tuvo la sensación de que el aire no la dejaba llegar al suelo. Debe ser por el tiempo de Villa del Carmen, dedujo; acá todo tarda más. Seguro que en Buenos Aires caen más rápido.

Sobra el silencio y pesa. Es pesado el silencio y se extiende y se ensancha y se ahonda como el tiempo.

Si por lo menos se oyera algo; una discusión, gritos, lo de siempre. Está tan acostumbrado a las peleas de sus padres que no le importaría que discutieran otra vez. Lo único que quiere es oírlos, sobre todo a ella. El silencio le pesa por ella, porque ella es la que grita y llora; la que gritó y lloró hace minutos, apenas. ¿Y su padre? El chico no puede pensar en su padre; cada vez que lo intenta, una garra oscura y de uñas afiladas le aprieta la garganta. Pero ella gritó y ahora no se oye nada. Y el chico está solo, parado en el patio, temblando. Si me quedo acá, si no me muevo, ella va a venir y me va a llevar a la cama, dijo Ferroni. No se movió y el silencio se hizo más denso; ahora tenía consistencia. El silencio era un polvo fino y él estaba adentro de un balde enorme y el polvo fino caía desde la boca del balde y empezaba a cubrirlo; le tapaba los pies, llegaba hasta las rodillas, ahora lo sentía entre los dedos de las manos, cubría sus manos, se adhería a sus brazos rígidos. Pero no era un polvo fino lo que caía, era tierra; la tierra lo estaba tapando y él iba a quedar enterrado en ese balde enorme; y la tierra era el silencio y el silencio lo inmovilizaba.

La flor amarilla cayó al suelo y Ferroni vio al chico de rodillas junto a su madre, la mano del chico apretando la mano de la madre. Y, cosa extraña, Ferroni ve la mano del chico que aprieta la mano de la madre, y los dedos de la mano de la madre que se arquean debajo de la mano del chico, pero no ve el rostro de su madre. Mamá, dijo Ferroni, y su voz le sonó tan extraña que no la reconoció; no es mi voz, pensó, y repitió mamá, y ahora sí era su voz; entonces dijo por qué tardará tanto la chica de mierda, pero se sorprendió y se preguntó por qué había dicho por qué tardará tanto la chica de mierda, si con pensarlo era suficiente. Tiene que ser por el calor, dijo. Aunque a la sombra de los árboles se estaba bien. Se preguntó si no estaría sufriendo los efectos de una insolación por caminar tanto al sol y se reprochó no haber incluido una gorra en su bolso de viaje. ¿Será la fiebre un síntoma de la insolación? Se tocó la frente. No le pareció demasiado caliente. Quizá la fiebre no tenga nada que ver con la insolación; a lo mejor sí el delirio, las ensoñaciones. De todos modos, ya había pasado. Ferroni pensó ya pasó lo que se me ocurrió como efecto de una insolación. Estoy bien. La sombra de los árboles me refrescó la cabeza. En una de ésas sería mejor que me acercara a la casa. Despacio, tranquilo, se dijo, tiempo es lo que sobra. Y se quedó mirando el techo de chapas de la casa y pensó el calor que debe hacer ahí adentro, con las chapas recalentándose todo el día. Fue en ese momento que lo vio. Quizás estuviera ahí desde hacía rato, pero él recién lo veía. Un humo inconsistente se diluía en la claridad del cielo, justo detrás del techo de chapas de la casa.

¿A qué tanto llanto, María Valdivieso? Estás haciendo lo que hay que hacer. Pensá que así la ayudás a la Matilde, que es por su bien y el de su hijito y del José Luis. Pensá que es necesario y dejá de llorar como opa. ¿Cuántas veces leíste sus cartas? Y ahorita, más. Vamos, echá ésa al fuego, que todavía quedan muchas.

Cru, cru, cru, cri, cru, cri, crujen las ramas secas en el fuego. Cru, cri, cri y las llamas se ensanchan y suben y aletean y el fuego es un pájaro nuevo que está probando las alas. Ahora las alas se salpican de negro, y es porque la carta se quema y tiembla y se sacude las cenizas que saltan locas entre las llamas, y eso nomás es la pura salpicadura negra de las alas del pájaro nuevo. *Negrita de mi corazón... grita de mi cora... ta de mi... de m...* y suben los resplandores negros y el pájaro aletea y quiere volar de una vez, quiere irse de la hoguera que ya no le gusta con tanto crujido, pero no puede, porque hasta que no se haya quemado la última carta, el pájaro no podrá volar, seguirá probando las alas hasta que se aprenda bien el vuelo y no lo alcance ni una sola salpicadura negra. *El José Luis me abraza y yo… José Luis me abraza y… Luis me abraz… me ab…* sube, sube, ya te irás, pájaro, *sus manos son anchas, fuertes… manos son an… son…* ¿Por qué tanto humo sale de tus alas, pájaro nuevo? No, no, no es humo, qué digo, son los soplidos que se te escapan del pico, de tanta fuerza que hacen tus alas para volar. Ya te vas a ir, pajarito, déjame leer unitas más, ya te vas a ir.

La chica estaba sentada en un banquito de madera, junto al fuego; a un costado se veía un montón de ramas secas y al otro, una caja. La chica le daba la espalda y Ferroni no podía ver qué estaba haciendo, sólo distinguía su figura encorvada sobre el fuego, en la actitud de quien intenta entrar en calor en un día crudo de invierno. De tanto en tanto la espalda de la chica se sacudía levemente o se encogía un poco más; algunas veces se estiraba, entonces la chica parecía demasiado alta para el banquito en el que estaba sentada. De cuando en cuando echaba la cabeza para atrás, como si mirara al cielo. La vieja debe dormir la siesta, pensó Ferroni. Había demasiado silencio. Sólo se oía el crepitar de las ramas en el fuego. Ferroni recordó la sombra de los árboles de flores amarillas y lamentó no estar allí. El sol no dejaba respirar. La chica se inclinó sobre el fuego y las llamas resplandecieron ligeramente. Se quedó unos minutos así, inclinada y quieta, y Ferroni la imaginó con los ojos clavados en la fogata, hipnotizada por el bailoteo de las llamas. Después, sin cambiar la postura de la espalda, girando apenas la cabeza, alargó el brazo izquierdo hacia la caja y sacó un papel.

Entonces Ferroni comprendió. La muy guacha, la hija de puta, murmuraba moviendo los labios y la lengua, sin emitir sonido alguno para no quebrar el silencio, mientras avanzaba, despacio, hacia la chica, con ganas de agarrarla del pescuezo y retorcérselo y decirle me tomaste por pelotudo, hija de puta, mosquita muerta, vos no sabés con quién te metés. Un solo golpe y la dejaba seca y se llevaba las cartas y nadie se enteraba de nada. Ahí, en esa soledad, con la vieja durmiendo en la casa. La chica sentada, de espaldas, quieta junto al fuego, leyendo cartas, quemando cartas, desprevenida, ignorante de su destino de cucaracha, como esperando el golpe sin saberlo. Un solo golpe en la nuca, las cartas, el camino de vuelta al pueblo, subir la cuesta, bajar, doblar, volver a subir, bajar, ¿sería capaz de regresar sin perderse? Cómo no iba a ser capaz. No era tan complicado el camino, después de todo; subir, bajar, doblar, caminar en línea recta. Lo único agobiante era el sol, pero si lo había soportado hasta ahora, no tenía de qué asustarse, aguantaría hasta llegar a la pensión. La muy guacha tenía la desfachatez de quemar las cartas. En ningún momento se le había ocurrido que podía pasar algo así. Las cartas eran la única posibilidad de llegar al ferroviario subversivo; la única, remota, pero la única, y la cucaracha de mierda las quemaba. Y él, pobre pelotudo, yendo todos los días al bar para tantear el terreno, esperando como un señorito inglés que la dama se dignara a atenderlo. Un golpe era suficiente. Y ese silencio tan compacto

—que ni el crepitar de las ramas, más sonoro a medida que Ferroni se acercaba a la chica, lograba romper del todo—, ese silencio seguiría igual. Más sonoro el crepitar y después más sordo, como si de repente la fogata empezara a alejarse; sordo, apagado por una pared de silencio interpuesta entre él y la chica, y era ese silencio el que espesaba el tiempo y lo hacía tan lento, mucho más lento de lo que ya era habitual en Villa del Carmen. El silencio sale de ella, dijo Ferroni sólo con los labios y la lengua, en una especie de chasquido sibilante. Avanzando lo dijo, adelantando un pie y el otro, ayudado por el silencio que salía de la chica y se sumaba al silencio propio del lugar y de la siesta. Un pie y el otro; un golpe, uno solo. La espalda de la chica se sacude apenas; más que sacudimiento es un temblor. Ahora se endereza. Ferroni se detiene, se inmoviliza y se pregunta cuántos metros ha recorrido desde que advirtió el humo de la fogata. La chica levanta la cabeza. ¿Mirará el cielo, el sol, el humo? Tal vez tenga los ojos cerrados. El pelo negro, recogido en una cola de caballo a la altura de la nuca, brilla con destellos blancos. No son canas, piensa Ferroni, es la cabeza de la chica, no de la vieja. Cómo van a ser canas; es luz. Es el sol que cambia las cosas. Nunca se soltó el pelo, piensa, ahora. Siempre agarrado con esa hebilla. Suelto brillaría más. Está pensando, dice Ferroni con un movimiento de labios y mínimamente de lengua. Que agache otra vez la cabeza. No me muevo hasta que agache otra vez la cabeza, y basta de murmurar. A ver si la chica todavía me escucha mover los labios y se aviva de que estoy detrás de ella. Ferroni se repitió, mentalmente, estoy detrás de ella. Entonces se preguntó cuántos metros había entre él y la chica, y recordó que todavía no había respondido a la primera pregunta, acerca de cuántos metros había caminado desde que descubrió el humo de la fogata hasta llegar casi adonde estaba ahora, porque había avanzado realmente muy poco desde que se hizo esa pregunta hasta el momento en que la chica alzó la cabeza y él se quedó inmóvil. Pero la pregunta de ahora le interesaba más. ¿Cuántos metros lo separaban de la chica? Pocos, se dijo, moviendo, otra vez, los labios y la lengua. Inmóvil, movió los labios y la lengua. Inmóvil al sol, con el sudor brotando caliente de cada poro. Pocos metros, pocos pasos. Ahora la chica levanta la carta que tiene entre las manos hasta la altura de sus ojos. No es una carta, deben ser muchas. Muchas hojas en cada mano. Ahora la chica gira las manos con las cartas y se queda mirándolas, las manos y las cartas ondulando al sol; las cartas blancas, brillantes como el pelo sujeto en una cola de caballo; las manos, casi blancas, ¿no deberían verse más oscuras? El pelo no deja de ser negro, a pesar de los reflejos blancos. ¿Por qué las manos se ven tan blancas? Es por la cercanía del papel, dijo Ferroni con los labios secos y la lengua seca. El sol se refleja en el papel y el papel en las manos, dedujo. Lentamente, la chica baja los brazos. Ahora baja la cabeza. Inclina la espalda hacia adelante. Es el momento de avanzar, decide Ferroni, y en el mismo instante en que pone en marcha su pie derecho, refriega el dorso de su mano izquierda y luego el antebrazo por la frente en un movimiento de ida, de izquierda a derecha, y luego en otro de vuelta, de derecha a izquierda, descendiendo primero hasta la mejilla derecha, pasando después por la boca y terminando en la mejilla izquierda para limpiarse el sudor y comprobar que lo único que ha logrado ha sido expandir la transpiración, humedecer más la mano y el brazo y aumentar el ardor de su cara. El pie izquierdo también avanza, pero esta vez Ferroni no piensa en el sudor que fluye copioso de su cuero cabelludo y se desliza por la frente, las sienes, la nuca, ni en los zapatos blanqueados por el polvo, ásperos, ajados. Esta vez Ferroni piensa únicamente en las cartas, ahí, tan cerca, casi al alcance de su mano. Un solo golpe, pero no, ya no es posible; la chica se inclina demasiado hacia adelante, estira los brazos hacia el fuego, está arrojando las cartas. Imbécil, grita Ferroni, y se lanza sobre ella, la empuja hacia un costado y la chica se cae al suelo. Ferroni quiere sacar las cartas del fuego, pero no las ve. No puede ser que se hayan quemado tan rápido. La caja está vacía. La chica idiota se levanta, apretando los brazos contra el pecho. Lo mira con miedo y él sonríe.

—Dame las cartas y te dejo tranquila.

La chica no dice nada. Ferroni sabía que no iba a decir nada. Solamente lo miraba y retrocedía. Lo miraba como sabía mirar ella, seria y muda.

—Dame las cartas y me voy.

La chica retrocedió más. Ferroni dio un solo paso largo y la agarró de un brazo. Con la mano libre quiso sacarle las cartas que aferraba contra el pecho, pero ella las apretó tanto que sus nudillos se marcaron como clavos debajo de la piel.

—Estúpida —dijo, bajito, Ferroni.

Bajito y sonriendo lo dijo. Y mientras sonreía, apretaba más el brazo de la chica, y ella, nada; la misma mirada de piedra. Te lo buscaste, pensó él, sin dejar de sonreír. Te lo buscaste y le retorció la muñeca; una sola vez, mirándola a los ojos y sonriendo. La chica gritó y soltó las cartas; Ferroni las agarró casi en el aire. El grito de la chica sonó apagado. Fue un grito corto y sordo que sorprendió a Ferroni. Él estaba acostumbrado a otra clase de gritos. Será por lo abierto del lugar, pensó. En la sala de interrogatorios seguro que sonaba distinto. Pero no, no era sólo eso: la chica había gritado apenas y bajo, como por obligación, de mala gana. Sin embargo, las lágrimas se deslizaban por sus mejillas como el sudor por la frente y las sienes de Ferroni.

No llores, María Valdivieso. No le des el gusto. Aunque te duela. Aguantá. No digas nada.

Las cartas parecen palpitar en las manos de Ferroni. Las cartas palpitan en las manos de Ferroni. Son muchas. Puede llevárselas y leerlas en la pensión, tranquilo. Darse un baño y leer las cartas. ¿Qué apuro hay? También puede leerlas ahora, si quiere. Leerlas todas, leer algunas. Ver los sobres. La chica, ahí, parada, quieta y muda, sujetándose el brazo que él le retorció, con la cabeza gacha, como una piedra más del lugar, como una rama seca desprendida del montón de leña; la chica seguirá ahí. La chica ya no tiene ninguna incidencia en el asunto. La chica ya no importa. Las cartas las tiene él. Puede leerlas ahora o después. Las cartas y Ferroni. Ya no las cartas y la chica. No importa la chica quieta y dura y muda, que se frota el brazo lastimado. Las cartas las tiene él. Mejor leer algunas, ver los sobres, detenerse en el sello del correo, ver desde dónde fueron despachadas. La chica no cuenta. La chica no existe. Que siga ahí, quieta y muda.

Acercate de a poco al fuego y tirá la carta que pudiste esconder en la blusa. Despacio, que no se dé cuenta. Ahora que está leyendo. Andá, pues. Las que te sacó no te las va a dar. Igual, para lo que le van a servir. Pero la otra, sí. Ésa sí que sirve. Quemala antes de que la vea. Así, un paso hacia el fuego. Otro. Despacio. No te vio. Otro paso. Está entretenido, porteño sucio. Quemala, María Valdivieso. Que ni las cenizas queden.

Vas a volar, pájaro nuevo; te prometo que vas a volar. Ya terminan de crecer tus alas y te vas. Pero no aletees ahora. Guardá tu fuerza para el final, cuando ya no quede ni una palabra para alimentar tus plumas. Vamos, pájaro nuevo, ayudame y te vas.

Agachado, con una rodilla apoyada en el suelo, Ferroni lee las cartas que le arrebató a Marita. Ávidamente las lee. Pasa una hoja tras otra, vuelve a la anterior, estudia los sobres, cada tanto se limpia el sudor de la frente con el antebrazo. Quisiera fumar. Se palpa el bolsillo de la camisa sin dejar de leer, y recuerda que fumó el último cigarrillo poco antes de ocultarse en la esquina sin ochava, frente al bar de la chica.

Ahora la chica tira una carta al fuego y mira de reojo hacia el lugar donde Ferroni está leyendo. Le duele la muñeca izquierda, y también la mano y el brazo. Hasta el hombro le duele. La carta se quema rápido. Saltan pétalos de ceniza, pero él no los ve. Vuelan chispas de papel y se enrojecen las llamas, pero él sigue leyendo. Que siga, nomás. Que no vea las cenizas de la última carta. Que no se dé cuenta y no vuelva a retorcerle el brazo. Que si lo hace otra vez, ella no podrá aguantar el dolor y gritará más fuerte y Natividad se despertará y vendrá a ver qué pasa, y para qué, si no podrá hacer nada. La carta se quema con negrura de carbón, y hasta lo negro desaparece y sólo queda una mancha blanca, el corazón de la carta, que aún no se quemó, pero que ya empieza a chamuscarse y a soltar sus pétalos de ceniza.

Ferroni lee. El silencio pesa en el aire y le aplasta la nuca, aunque eso más bien se deba al calor. El sol le manda bocanadas de fuego que perforan su cabeza y se le meten adentro y aceleran el latido de sus sienes. Pero sigue leyendo, aunque quizá todo eso no sirva para nada. Son cartas viejas, despachadas desde Monte Grande o Constitución. Tiene que haber una última carta, piensa Ferroni. La del cumpleaños. Ésa es la que sirve. Pero no la encuentra. No está entre las cartas que la chica iba a arrojar al fuego. Tal vez la haya quemado antes. ¿Cuánto hace ya que vio el humo desde los árboles de flores amarillas? Si la chica quemó la última carta al principio, es porque sabe que es la más peligrosa. Sabe y lo está tomando por pelotudo.

El silencio seguía pesando, pero de pronto Ferroni advirtió el chisporroteo de las llamas. Era un cuchicheo suave que escasamente alteraba el silencio. Aunque es mucho decir; ni siquiera escasamente lo alteraba. Era un cuchicheo suave que mínimamente arañaba el silencio. Ferroni se dio vuelta, roja su cara por el sol y la bronca. Un trozo de papel blanco bailoteaba en el centro de la fogata. Quiso rescatarlo. Se abalanzó sobre el fuego, empujando a la chica, que miraba las llamas como hipnotizada.

—¡Perra! —gritó—. ¡Hija de puta!

Ahora, sí, el silencio se alteró, se quebró; un boquete ancho y profundo se abrió en su muro. Ferroni pateó la fogata. Un minúsculo resto de papel quemado se meció en el aire, un segundo eterno.

—¡Quemaste la última carta, ¿no?! ¡Negra de mierda! ¡¿Desde dónde te escribió la puta esa?!

La chica no contestó, tampoco se movió. Una sonrisa tonta le estiró los labios, mientras los ojos se le llenaban de lágrimas.

El pájaro nuevo ya puede volar. Aprendieron tus alas, pajarito. Andate, nomás. Sólo quedan cenizas y las cenizas son de la tierra. Tus alas son las llamas que te llevarán lejos; tu vuelo es el fuego.

—¿Qué hiciste con el sobre? ¿También lo quemaste?

Ferroni ya no gritaba. Se había calmado, como si recién ahora las reglas del juego estuvieran del todo claras.

—¿Quemaste el sobre? —repitió más despacio, retorciéndole otra vez el brazo.

La chica gritó de dolor y lo miró a los ojos. Había furia en su mirada y miedo.

—Lo quemé —respondió.

Ferroni le retorció el otro brazo. La chica gimió y bajó la mirada.

—¿Qué decía en el remitente?

—Su nombre, nada más...

Ferroni le sujetaba los dos brazos por las muñecas. Apretó más. Ella volvió a gemir.

—¿Desde dónde te mandó la carta?

—No sé...

—¿Qué decía el sello del correo?

—No sé...

Ahora el dolor sc le asentaba en los hombros. Eran puntadas que iban y venían, iban y venían. No sentía las muñecas. El dolor empezaba más arriba. Las manos sí las sentía; calientes y con pinchaduras de agujas; así las sentía. Agujas en las manos, clavos en los brazos, mazazos en los hombros. Lloraba con un quejido entrecortado, con una especie de hipo que hacía subir y bajar su pecho flaco.

—¿Desde dónde te escribió?

—No sé...

Con un movimiento rápido, Ferroni le juntó los dos brazos detrás de la espalda, sujetándolos por las muñecas con una sola mano, mientras con la otra le agarraba la cara. La chica gritó, más por la sorpresa que por el dolor. Pero los dedos de Ferroni apretaron sus mejillas y, entonces, sí, hubiera querido gritar de dolor, pero la tenaza de los dedos se lo impidió.

—¿Desde dónde te escribió? —preguntó, aflojando la presión de la mano sobre la cara.

—Le juro que no sé… —dijo ella en un ronquido, como si la voz se le hubiera quedado en la garganta.

Los dedos volvieron a clavarse en sus mejillas. Una bocanada de aire caliente y agrio le llegó desde la boca del hombre. Tibias gotas de saliva salpicaron su nariz.

—¿Te gustan las cosas que te cuenta tu amiga?

La pregunta resbaló viscosa de los labios de Ferroni.

—¿Por eso no me querías dar las cartas? ¿Te daba vergüenza que yo leyera esas cosas?

La voz sonaba húmeda, ensalivada. La mano que apretaba las mejillas se fue aflojando.

—A ver, decime: me gusta lo que me cuenta mi amiga.

Los dedos soltaron las mejillas y, lentamente, se deslizaron hacia abajo. Llegaron a la base del cuello y se quedaron allí, presionando con suavidad.

—No escucho nada. A ver, me gusta lo que me cuenta mi amiga. Repetí.

Los dedos oprimieron la garganta y se aflojaron otra vez. La chica respiró profundo, con la boca abierta.

—Me gusta… lo que me cuenta mi amiga… —repitió, gimiendo.

—Muy bien. Las niñas deben ser obedientes. Ahora decime desde dónde te escribió tu amiguita.

—Le juro que no sé...

Ferroni arrastró a la chica hasta un árbol cercano, mientras sus dedos le apretaban otra vez el cuello. La sombra del árbol acarició la piel de Ferroni. Los dedos aflojaron la presión. La chica respiró con ruido, sorbió el aire, tragó lágrimas y mocos.

—Si no me decís desde dónde te mandó la carta, te voy a hacer algo que no te va a gustar. A la puta de tu amiga seguro que le gustaría; pero a vos, no.

El aliento agrio y caliente se le metió por la nariz y la boca. Los dedos que rodeaban su cuello, aunque ya no presionaban tanto, le quemaban la piel. La mano que sujetaba sus brazos detrás de la espalda, y que lentamente aflojaba la presión sobre sus muñecas, también ardía. La rodilla con la que empujaba las suyas, como queriéndolas separar, era una brasa debajo del pantalón.

—¿Me vas a decir desde dónde te escribió la putita esa?

—Por favor, dejemé...

La súplica le gustó a Ferroni. La mano que apretaba la garganta subió hasta la boca y se quedó ahí, sofocando los labios entreabiertos. La mano era dura y blanda; húmeda, caliente; ácida y salada a la vez. Uno de los dedos se apoyaba contra las fosas nasales. A la chica le costaba respirar. Ferroni la empujó contra el tronco del árbol y le soltó las muñecas. Los brazos de la chica cayeron inertes a los costados del cuerpo. Cientos de pinchazos subían, intermitentes, desde la yema de los dedos hasta los hombros. Las manos querían apartar el cuerpo del hombre que se pegaba al suyo, ahogándola, pero los pinchazos se lo impedían. El cuerpo sudoroso del hombre se apretaba contra ella y se despegaba y volvía a apretarse, todo muy rápido; subía, bajaba, aplastando eso contra sus piernas. Eso, duro y caliente y movedizo como su mano libre —húmeda y caliente— que le sube la pollera y se desliza por sus piernas, intentando separarlas sin conseguirlo, porque ella las aprieta tanto que le duelen con un dolor filoso y punzante que nace en los muslos y sube por el sexo y rodea su vientre llegando a la cintura y baja por las nalgas, para regresar de nuevo a los muslos y reiniciar el viaje, cada vez con más furia. Pero el hombre tironea su cuerpo hacia abajo y consigue acostarla en el suelo. Todo el cuerpo de él aplastando el de ella. La mano fétida sigue sobre la boca; la otra, libre, logra vencer la rigidez de las piernas de la chica y las separa, permitiéndole a una de las rodillas del hombre meterse entre ellas como cuña, lo cual incita a la mano a obrar como le plazca, subir y bajar, tironear, rasgar, romper, arrancar, pero no sola, sino con la colaboración de la otra mano, la que oprimía la boca, que ha bajado también y se ha sumado a la tarea arrasadora de su compañera, no sin antes ser suplantada en la función de mordaza por la boca del hombre, que se ha clavado, hundido, aplastado en la boca de la chica, llenándosela de saliva, restregándole la lengua por toda la cavidad, impidiéndole con sus propios dientes morder y lastimarlo, mordiendo él los labios de ella antes de que ella pudiera morder los suyos. Y mientras eso, duro y quemante, llegaba a destino, las manos y los brazos de ella se liberaron de los pinchazos y empezaron a moverse, aferrándose los dedos a los brazos de él, clavando las uñas en la carne de él. Pero resultaban inútiles los esfuerzos de las manos de ella, porque eso seguía moviéndose y avanzando, facilitado el avance por la segunda rodilla del hombre que, unida en su labor a la primera, abrió en ángulo obtuso los muslos de la chica dejando libre el acceso, definitivamente abierta la puerta para que eso entre y desgarre y queme y aniquile y suba como reguero de lava hirviente más y más arriba, y más, del vientre al pecho y a la garganta hasta explotar en un grito sordo y oscuro que se detiene en los maxilares y los dientes, permitiéndoles moverse, abrir, subir, bajar, cerrar, morder la lengua y los labios del hombre y salir por la boca repentinamente liberada, pero que vuelve a cerrarse porque el hombre la golpea, grita de dolor y la golpea. Puta, grita, puta, ahora sos una puta, y la golpea mientras sangra su lengua y mira extrañado a la chica que gime como un animalito y el chico está en el patio y oye a la madre que llora y se queja, entonces corre hasta la cocina, porque de allí vienen los quejidos y ve a su padre y la cara de la madre golpeada, hinchada como la cara de la chica que le trajo Garibaldi, pero que no es la chica que le trajo Garibaldi, ésa era otra, era la que estaba sucia de sangre y Garibaldi se la llevó para bañarla y después se la trajo limpia y chorreando agua. Que sea la última vez, ¿entendiste?, la última vez que me traés a un detenido en estas condiciones, le había dicho, y Garibaldi se la llevó y la bañó, pero no tenía la cara golpeada, apenas algún moretón, nada más. Ahora el chico mira el pecho de la madre, las flores rojas del vestido crecen y se achican, algunas flores rojas se ven húmedas, otras se han salido del vestido y han caído al piso. El chico toca las flores del piso y su dedo se mancha de sangre. Un dolor agudo y pesado le quita el aire. Ferroni siente que el aire se le va por una brecha abierta en su costado y quiere taparla con las manos para que el aire no huya de sus pulmones, pero las manos se vuelven rojas como las flores del vestido de su madre, que lo mira con los ojos apenas abiertos, desde el piso de la cocina, con la cara golpeada de la chica que le trajo Garibaldi para interrogar, pero que no era la chica que le trajo Garibaldi para interrogar.

El hombre se palpaba el costado, como si sólo la certeza de la sangre le permitiera comprender que lo habían acuchillado. Una mancha oscura prolongaba el contorno de su cuerpo en el suelo y lentamente absorbía la tierra la sangre que con tanta generosidad se le ofrendaba. Con el cuchillo en la mano, Natividad Ugarte miraba fijo al hombre tendido en el suelo. Cuando las pupilas del hombre dejaron de moverse, la vieja se arrodilló junto a él y le tocó el cuello.

—Está muerto —dijo, y soltó el cuchillo.

Al atardecer el aire cambia su olor y el silencio se aliviana, entonces el tiempo retoma su curso y pierde eternidad a medida que gana en sombras. Es que al silencio se le abre la trama y deja que lentamente se le cuele la oscuridad. Así se preparan los dos, aire y silencio, para que con sus hilos se teja la noche.

Y es buen momento para enterrar a un hombre.

El sol baja despacio al principio, pero después se apura. Da una corridita y termina de caer. Así, nomás. Pero todavía, no. Falta un poco todavía. Las sombras no son tan largas. El sol le pelea a lo oscuro y hasta que no cae del todo, no deja crecer las sombras. Es así el sol. Y todos obedecen. Pero a la tierra la respeta. La calienta y la seca por encimita, nomás, porque bien adentro sigue húmeda y oscura y blanda. Si dan ganas de echarse a dormir en la tierra buena. Un sueño largo, para no despertar nunca. La cabeza apoyada en almohada tan tierna no querrá levantarse jamás. Una manta de tierra cubre todo el cuerpo y lo resguarda del frío. Los pies aquietan su cansancio de tanto ir y venir y se olvidan de caminar. Las manos no necesitan tocar las cosas, les basta con sentir, suaves, los terrones entre los dedos. Todo el cuerpo descansa. No hay dolor ni pena ni lágrimas. Los ojos cerrados miran hacia adentro y sólo ven las cosas lindas que pasaron hace mucho. La Loba Lobita andando a mi lado, los ojos de la Loba mirándome, llenos de lucecitas sus ojos; la Matilde llamándome para ir a ver el río, Marita, ha llegado el río, vamos a verlo, apurate, pues. Y el río corriendo, furioso. El cielo colorado del atardecer. Tanto sol, doña Nativita, no se le vayan a chamuscar las trenzas. Vea las tipas, tan amarillas, tan relumbronas. Nada más que mirar para adentro. Dormir en la tierra, rozar la tierra con toda la piel. Puro roce de la tierra sobre la piel. Caricia de la tierra negra y húmeda y blanda. Dejemé dormir en la tierra, doña Nativita, un rato, nomás. Dejemé mirar con los ojos cerrados para ver cosas lindas. El sol está cayendo. El cielo ya se puso colorado. Pero no es este cielo el que quiero ver. Quiero el que está adentro de mis ojos. Dejemé dormir en la tierra, doña Nativita; un rato, nomás, le digo. Dejemé que me acueste. Y tapemé, por favor, que tengo frío.

No cae el sol sobre la tumba recién cavada. El último resplandor se hunde en el rancho de Natividad. Va oliendo a noche el aire y es en el aire donde nacen las sombras. Y en el silencio, después, cuando termina de alivianarse y sube bien alto y se pierde entre las estrellas. Pero no es noche todavía y colorado arde el rancho de Natividad con el último sol de la tarde.

—Deje que me apoye en su brazo, doña Nativita. Y vamos al rancho, pues.

Hermana, no quiero despedirme. Quiero pensar que esta carta es una más de las tantas que te escribí en el tren, cuando sabía a dónde iba, siempre pegada a la ventanilla y contándote lo que veía. Pero ahora no veo nada. Está muy oscuro afuera; de vez en cuando aparece alguna luz que enseguida se pierde, y después nada. Quiero pensar, negrita, que el tren me lleva a casa, donde nacerá mi guagua, donde estaré con el José Luis, donde no hará falta esconderse, donde no habrá que tomar ningún tren que una no sepa a dónde te lleva. Quiero pensar que volveré a verte, que un día cualquiera cruzaré una calle con mi hijito y ahí estarás vos, con tu mandil azul y las manos blancas de harina y me pedirás que te ayude a amasar y yo te daré la guagua y te diré que sí, que voy a amasar, porque ahora puedo meterme en la cocina y hacer cualquier cosa, que ya no es como antes cuando cocinar me daba tristeza porque me acordaba de la mamita y ni una papa podía pelar que me largaba a llorar como una marrana. Ahora puedo, Marita, te juro que puedo.

Este libro se terminó de imprimir
en el mes de noviembre de 2007
en los Talleres de Pressur Corporation S.A.,
Colonia Suiza,
República Oriental del Uruguay.